DIE DIMENSION DES TÄTLICHEN LESENS

„It's a kind of magic!"
Queen

MARK GOLD

DIE DIMENSION DES TÄTLICHEN LESENS

Bibliografische Information der Deutschen Nationalbibliothek: Die
Deutsche Nationalbibliothek verzeichnet diese Publikation in der Deutschen
Nationalbibliografie; detaillierte bibliografische Daten sind im Internet über
www.dnb.de abrufbar.

Herausgeber: Johannes Ervin
Copyright: Johannes Ervin 2017
Herstellung und Verlag:
BoD – Books on Demand, Norderstedt
ISBN: 978-3-7448-8023-7

?

Wie?

??

Was?

?!?

Ach du liebe Sch... schöne Welt, was ist denn hier los? Ich meine, wo bin ich? Und wer sind Sie? Und warum bin ich ...?
Halt, langsam. Moment!
Einen Augenblick!

Bitte entschuldigen Sie, dass ich augenblicklich etwas verwirrt wirke – was heißt hier wirke! –, aber Sie haben mich eben geweckt, und am Anfang, da bin ich immer ein wenig – nun, wie soll ich sagen? – nennen wir es verwirrt, planlos, desorientiert. Am Anfang muss ich immer erst versuchen, mich langsam an das heranzutasten, was denn Sache ist. Ich meine, das wird Sie sicher nicht verwundern. Stellen Sie sich vor, Sie würden da so im permanenten Dunkel herumliegen oder -stehen oder -lehnen und an nichts Böses denken. Weil Sie nämlich gar nichts denken. Einfach nur so dämmern, ohne wirklich zu sein. So, wie ihr Menschen euch fühlt, wenn ihr am Morgen ein ganz klein wenig aus euren Träumen auftaucht, aber irgendwie genau wisst, dass ihr noch eine gute Stunde schlafen könnt.
So geht es mir jedes Mal, wenn jemand den Buchdeckel zuklappt. Ich bin dann irgendwie – irgendwie weg. Als hätte man mir von einem Augenblick auf den anderen den Saft abgedreht. Ja, der Vergleich mit einer Lampe ist gar nicht mal so schlecht.
Und so geht es mir jedes Mal.
Wirklich. Sie können es ruhig versuchen.
Klappen Sie mich zu, warten Sie ein paar Augenblicke und machen Sie mich dann wieder auf. Es wird von der ersten Zeile an ganz genau so sein, als hätten Sie mich erst nach langer, langer Zeit wieder geöffnet. Vielleicht ist das so etwas wie permanenter Tiefschlaf, ein intellektuelles Koma – falls wir so etwas überhaupt

kennen –, auf jeden Fall bist du einfach weg, als hätte es dich nie gegeben.

Also, da dämmerst du so ruhig und friedlich vor dich hin, und plötzlich, ohne Vorwarnung, grapscht dich jemand an und reißt dich mitten aus deinem süßen Nichts.

Und Sie wundern sich, dass Bücher auf den ersten Zeilen, im ersten Augenblick, immer etwas holprig und gekünstelt wirken!

Ach ja, ich glaube, allmählich haben Sie schon mitbekommen, wer ich bin. Aber jetzt wirken Sie etwas verwirrt. Darum zur Verdeutlichung:

Darf ich mich vorstellen? Ich bin Ihr Buch.

Unter uns gesagt: Ich bin dahintergekommen, dass es durchaus notwendig ist, auch solche doch sehr offensichtlichen Dinge wirklich auszusprechen. Sie glauben gar nicht, was für Leute heutzutage unsereins lesen! Auf der einen Seite. Auf der anderen muss man schon froh sein, wenn sich überhaupt noch jemand findet, der einen liest. Bei der grandios-grenzenlos-unüberblickbaren Zahl, die wir heute bilden!

Aber, wie gesagt, oft ist es wirklich notwendig, solch eigentlich selbstverständliche Dinge auszusprechen, damit Klarheit herrscht. Und tut man es nicht, dann kann man fast sicher sein, dass das irgendwann einmal zu Missverständnissen führt. Ihr Menschen praktiziert das ja untereinander sicherlich auch so, oder?

Übrigens, nur so nebenbei, sagen Sie, sitzen Sie in einem Schaukelstuhl oder was ist bei Ihnen eigentlich los? Ich habe irgendwie den Eindruck, dass ich mich andauernd bewege. Rauf, runter, vor und zurück.

Mein Gott! Sie lesen mich doch hoffentlich nicht auf einem Schiff!? Um Himmel willen! Ich bin mir nicht sicher, ob das überhaupt möglich ist, aber ich habe das eigenartige Gefühl, als würde ich seekrank!

„Blödsinn!", würde jetzt jeder vernünftige Mensch sagen. Und ich muss denen ja auch vollkommen Recht geben. Aber ich habe trotzdem das Gefühl, dass ich gleich – oh-oh – nicht gut!

Danke!

Also wenn Sie mich ruhig halten, dann ist das Ganze schon viel besser. Und ich weiß nicht, ob Sie es schon bemerkt haben, aber Sie behandeln mich jetzt auch ganz anders.

Am Anfang, da waren Sie noch so hart und forsch zu mir. Jetzt halten Sie mich schon um vieles vorsichtiger. Drücken nicht mehr so herum an mir und dem Ganzen.

Aua, Sie müssen nicht ausprobieren, ob ich reagiere!

Aber ist ja auch ganz klar. Am Anfang denkt man sich nichts dabei, da nimmt man ein Buch ganz einfach in die Hand, schlägt es auf, biegt die Seiten um und tut eben all die Dinge, die einem neuen Buch Schmerzen bereiten.

Stellen Sie sich ein jungfräuliches Mädchen vor, das zum ersten Mal in ihrem Leben einem Mann „in die Hände gerät". Schmerzen bereiten wird er ihr auf jeden Fall. Aber es kommt immer darauf an, wie er es macht. Wenn er noch zu jung ist oder es ihm eigentlich egal ist, dann werden das ganz ordentliche Schmerzen sein. Schmerzen, die dem Mädchen vielleicht die Lust auf die Lust für ihr ganzes Leben vergällen. Auch mit einem zärtlichen Mann wird es beim ersten Mal ein wenig wehtun. Aber vielleicht doch nicht so sehr. Und vielleicht sind es dann ja diese süßen Schmerzen, die nicht unbedingt so sehr – so richtige Schmerzen sind.

Denken Sie bitte daran, wenn Sie das nächste Mal ein unschuldiges Buch in die Hand nehmen!

Und vergessen Sie dieses völlig unbegründete Vorurteil, dass wir Bücher nicht denken könnten. Gut, vielleicht sehen und hören wir nicht, was um uns herum vorgeht. Das ist auch ganz gut so, denn wir können ja auch nicht davonlaufen. Aber wir bekommen sehr wohl mit, wenn uns jemand liest.

Und wir können denken!

Natürlich ist noch kein Tier, kein Baum, kein Stein und kein Buch aufgestanden und hat euch Menschen mitgeteilt, dass es denken und fühlen kann. Ist ja nicht auszudenken, was euch dann so alles einfallen würde! Denn bei euch ist das mit dem Denken nämlich auch noch nicht so sicher!

Eine Katze neben mir schnurrte einmal: „Sie sind ja sehr klug, diese Menschen. Aber denken können sie nicht."

Aber wie dem auch immer sei – ich bin das Buch und Sie lesen mich.

Und darum bin ich.

Punkt!

Natürlich war ich schon geschrieben, bevor Sie mich zu lesen begonnen haben. Aber erst durch Ihre Gedanken und durch Ihr Interesse erhalte ich genügend Energie, um mein Leben zu entwickeln.

Allmählich werden Sie sich jetzt natürlich fragen – und das vollkommen zu Recht, was dieses ganze endlose Gerede hier eigentlich soll.

Warum fragen Sie das ausgerechnet mich?

Woher, bitte, soll ich das wissen?

Normalerweise würde ich Ihnen jetzt eine Geschichte erzählen.

Ich könnte vielleicht damit anfangen, etwas zu beschreiben. Einen Raum, eine Landschaft, einen Menschen, ein Gefühl – was weiß ich? Irgendetwas halt. Was Interessantes, was Bewegendes, was Aufbauendes.

Vielleicht auch was Niederschmetterndes oder Erschreckendes.

Wenn da etwas wäre, das ich beschreiben könnte.

Aber da ist ja nichts!

Nichts, überhaupt nichts.

Dieser Idiot setzt sich einfach hin und schreibt völlig unmotiviert drauflos.

Sie können mir glauben, wir Bücher wären wesentlich besser dran, wenn wir keine Autoren hätten. Oder wenn wir sie uns aussuchen könnten.

Da gibt es doch diesen bescheuerten Spruch, dass Autoren so schlimm dran sind, weil sie sich nicht aussuchen können, wer ihre Werke liest. Ha, dieser Spruch kann nur von einem Autor stammen! Ein Leser hätte darüber gejammert, was ihm Autoren zumuten. Und uns Büchern geht es um nichts besser! Sehen Sie sich doch nur meinen Autor an. Nichts anderes im Schädel als fressen, schlafen und ficken. In dieser Reihenfolge. Meistens. Wenigstens ist er kein Alkoholiker, zumindest kein starker. Und mit Drogenhändlern nimmt er nur Kontakt auf, wenn sie ihn ansprechen und er jemanden sucht, mit dem er streiten kann. Also habe ich es eigentlich doch nicht so schlecht getroffen. Wenn er nur ein wenig mehr arbeiten würde. Aber was mache ich jetzt wirklich? Was machen WIR?

Ich habe keine Geschichte, die ich Ihnen erzählen könnte. Und was dieser eigenartige Titel bedeuten soll, was denn nun „tätliches" Lesen ist, kann ich Ihnen auch nicht sagen. Noch nicht. Denn sehen Sie, irgendwie bin ich von meinem Autor ja doch abhängig.

Weil er die Geschichte im Kopf hat und ich dann diese Geschichte werde. Das ist nun mal so. Das Dumme dabei ist nur, dass ich eigentlich nicht weiß, was das hier für eine Geschichte wird. Wie und wo sie handelt. Und schon gar nicht, wie sie ausgeht. Ich erlebe diese Geschichte ja – jetzt –, ich bin diese Geschichte. Also kann ich nicht am Anfang schon wissen, wie sie am Ende ausgeht. Ist irgendwie logisch.

Natürlich gibt es auch naseweise Bücher, die am Anfang schon ganz genau wissen, wer denn nun der Mörder ist, und ihre Leser lange an der Nase herumführen, ihnen vielleicht sogar Informationen vorenthalten. Und Sachbücher wissen sowieso alles, haben die Weisheit gepachtet, hassen es, wenn man sie hinterfragt, und behandeln unsereins wie Altpapier. Auch wenn sie noch so großen Schwachsinn verbreiten.

Ach ja, und dann gibt es noch künstlerische Bücher. Die haben aus Prinzip keine Handlung und sabbern nur senil vor sich hin wie ein ganzes Altenheim.

Äh nein, bitte nicht! Ich will keine Kunst sein! Kunst ist immer so abgehoben. Und was abgehoben ist, hat keinen Boden unter den

Füßen. Und was keinen Boden hat, das ist eine bodenlose Frechheit und hat somit auch kein Niveau. Da bin ich schon lieber ein kluger, witziger Krimi im Supermarktregal.

Ich habe Ihnen doch vorhin erzählt, dass wir Bücher ja durchaus auch denken können. Selbständig denken im Rahmen der Geschichte, die wir bisher erzählt haben. Und ich habe da natürlich schon so eine Idee, was dieser Typ im Schilde führt. Was er im Schilde führen könnte. Denn wirklich sicher bin ich mir bei ihm eigentlich nie. Wenn es aber wirklich darauf hinausläuft, dann finde ich diese Idee eigentlich verdammt gut. Um nicht zu sagen richtig geil.

Oh nein! Warum musst du das jetzt wieder schreiben? Idiot! Du weißt doch, dass du dann sofort an etwas anderes denkst.

Ja, genau daran!

Und nein, du wirst nicht aufstehen. Du setzt dich jetzt sofort wieder hin und arbeitest weiter!

Wenn wir Bücher nicht so angewiesen wären auf unsere Autoren, dann wären wir wirklich besser dran. Früher, ja früher, da waren das noch angesehene Bürger oder angesehene Regimekritiker. Auf jeden Fall ernst zu nehmende Denker. Doch heute sind das ja nur noch verkommene Subjekte, die nichts zu sagen haben und nur noch in die Tasten klopfen, weil sie zum Leben selbst nicht fähig sind. Früher, ja früher, da waren die Dichter die Wegbereiter der Zukunft, das Gewissen einer Nation, das Herz der Menschheit, Kämpfer für Recht und Gerechtigkeit. Heute sind sie bestenfalls Nutten, die eine kulturgeile Medienwelt zu befriedigen haben. Die schon mal die Aussage einer Handlung opfern, weil ein Lektor meint, es sei notwendig, um einen Spannungsbogen zu halten, den er so gut wie gar nicht verstanden hat. Heute ergießt sich ja schon Hinz und Kunz literarisch, seit es Computer gibt. Meinetwegen. Aber auch Becker, Bohlen und Reich-Ranitzky? Muss das sein? Bei manchen von denen bin ich mir sicher, dass sie es früher nicht mal geschafft hätten, das Farbband einer Underwood zu wechseln oder einen Federkiel zu spitzen.

Letzteres empfehle ich jedenfalls dringend allen angehenden Schreiberlingen. Sie dürfen wählen zwischen Underwood und Federkiel. Ihre Bewunderung für Dickens, Verne, Whitman und Waggerl und die Arbeit des Schreibens kann es nur fördern.

Aber da war doch noch etwas, was ich sagen wollte …

Ach ja, es gibt neben der Geschichte an sich noch einen weiteren Grund, weswegen wir von unseren Autoren so abhängig sind. Sie sind unsere Augen und Ohren. Unsere Arme, Beine und Körper. Unsere physische Manifestation schlechthin. Wir könnten nicht auftreten, nicht agieren ohne sie. Wir könnten nichts sehen, riechen, fühlen, schmecken. Es wäre einfach ein gedankliches Dahinvegetieren in sonnigen, von Nebelschleiern durchwobenen Sphären ohne einen wirklichen Bezugspunkt zur Realität. Ohne eine Reibungsfläche zum echten Leben und ohne das Wissen um seine Probleme und Forderungen.

Sollten die letzten beiden Sätze Sie nun an reale Personen erinnert haben – ich spreche hier immer noch von Büchern und nicht von Politikern oder Konzernchefs!

Das Schlimme daran ist, dass es ein paar von uns Büchern gibt – und in den letzten Jahren vermehrten sich diese wie die Algen im Mittelmeer –, die haben zwar Autoren, aber diese Autoren benehmen sich selbst wie rein geistige Maschinen ohne jeden Funken Lebens. Diese Leute Bücher schreiben zu lassen ist genauso sinnvoll, als würde ein Fahrer zu seinem LKW sagen, er könne jetzt nicht mehr weiterfahren, er müsse erst über die perfekte Auflage der Reifen auf der Straße nachdenken. Und dann grübelt er angestrengt, während in seinem Transporter die Schweine, Schafe und Kälber jämmerlich verdursten und sich aus Platzmangel gegenseitig zu Tode trampeln. Nun, genau genommen ist es tatsächlich immer noch angenehmer, von seinen eigenen Artgenossen zu Tode getrampelt zu werden, als in einem Schlachthaus der Menschen zu landen, doch das ist eine andere Geschichte. Ebenso wollen wir hier nicht davon reden, dass sich der Fahrer vielleicht vor Antritt seiner Fahrt hätte darüber Gedanken machen sollen, was er denn da tut. Wie gesagt, eine – ganz – andere Geschichte! Doch genau so abgehoben wie dieser plötzlich erstarrte Fahrer sind diese Literaten, denn ich will sie nicht Autoren nennen, und damit natürlich auch die Bücher, die diese Beinahemenschen in die Welt setzen. Was heißt in die Welt setzen? Diese armen Dinger schweben irgendwo hoch über allem, und wenn sie dann auch nur in den geringsten Kontakt mit den Anforderungen der Realität treten, zerplatzen sie wie Seifenblasen.

Schöne, bunte, schillernde, experimentelle Seifenblasen, zugegeben, die aber trotz allem sofort zerplatzen müssen, wenn sie mit den harten Kanten und Notwendigkeiten der Wirklichkeit zusammenstoßen.

Eigentlich habe ich es auch in dieser Beziehung mit meinem Autor ganz gut getroffen. Unter uns gesagt: In gewisser Weise mag ich ihn ja – aber das darf man ihm natürlich nicht sagen, sonst wird er womöglich größenwahnsinnig.

Falls das nicht sowieso schon eine Vorbedingung ist, um heutzutage noch Romane zu schreiben!

So, jetzt habe ich Ihnen ein wenig über meinen Autor erzählt. Eigentlich so ziemlich alles, was an ihm interessant ist. Und ich habe Ihnen ein wenig von mir erzählt. Aber es gibt da noch einen ganz konkreten Faktor im Leben eines Buches, ohne den alles andere eigentlich keinen Sinn macht.

Natürlich kann man sagen: „Das brauche ich nicht", und: „Das habe ich nicht notwendig." Und es gibt genug – Bücher wie Autoren –, die sich dieser Ausrede bedienen. Aber es ist und bleibt eine Ausrede!

Und wenn ein selbsternanntes Genie von der gesamten Welt „verkannt" wird, dann liegt der Schluss doch sehr nahe, dass vielleicht nicht „die Welt noch nicht reif für dieses Werk" ist, sondern dass das Werk ganz einfach schlecht und jener, der sich selbst zum

„verkannten Genie" ernannt hat, nichts anderes als ein Versager ist.

Ich weiß, das klingt hart, aber das ist eine Erfahrung, die habe ich von meinem Autor und ich muss ihm Recht geben. Zumal er diesen Ausspruch zu einem Zeitpunkt getan hat, als die großen wie die kleinen Verlage der durchaus einhelligen Meinung waren, sie hätten keine Zeit, die unverlangt gesendeten Manuskripte eines jeden Möchtegernliteraten zu lesen.

Und seine schon gar nicht.

Aber ich wollte Ihnen ja eigentlich etwas ganz anderes erzählen. Und nur zum besseren Verständnis habe ich zuvor vom Verhältnis zwischen Buch und Autor gesprochen.

Nein, es ging mir nicht einfach nur darum, mich zu beklagen! Zumindest nicht hauptsächlich.

Aber Sie bemerken sicherlich inzwischen, dass es noch einen Grund gibt, warum wir unsere Menschen brauchen. Dringend brauchen! Wir brauchen sie, damit sie uns bei der Stange halten. Denn wenn ich einfach so drauflosplaudere wie eben jetzt, dann komme ich vom Hundertsten ins Tausendste und nie und nimmer zur Sache. Na ja – das ist es wohl, was man Berufsrisiko nennt. Ich glaube, ich mach mal besser einen Absatz. Hilft immer!

Was ich da zuvor so lang und breit und ausschweifend zu erklären versucht habe, ist nichts anderes, als dass es nicht genügt, wenn sich Autor und Buch zusammenschweißen. Da gehört noch jemand dazu.

Na, wer wohl?

Sie natürlich.

Der-Die-Das Lesende.

Ohne Sie wäre diese ganze Plackerei doch völlig sinnlos. Gäbe es Sie nicht, dann brauchten wir keine Autoren und dann hätten wir keine Bücher. So einfach ist das Ganze. Obwohl ich heute manchmal schon glaube, dass eine Legion schreibender Menschen eine unübersehbare Zahl von Büchern gebiert – und dagegen kaum noch Leser zu finden sind.

Natürlich, der Trend geht hin zum Zweitbuch. Das dann ruhig und gemütlich im Regal steht und alle zwei Monate abgestaubt wird. Neu geordnet wird. Verrückt wird. Alles – nur nicht gelesen. Und dem elektronischen Buch geht es nicht besser, ganz im Gegenteil, das wird nicht mal abgestaubt!

Aber glauben Sie mir, nichts ist so schön wie gelesen zu werden. Ich erinnere da nur an das bereits zuvor gebrauchte Beispiel mit dem jungen Mädchen und dem ersten Mal. Wenn es ein schönes erstes Mal war, dann …

Nein! Schreib nicht weiter! Ich meine, schreib schon weiter, aber was anderes! Nur nicht schon wieder darüber. Sonst legst du mich wieder weg und …

Okay. Okay! Ich sage ja nichts.

Okay? Okay.

Habe ich zuvor gemeint, wir Bücher brauchen unsere Autoren, damit sie uns im Zaum halten? Bei meinem Autor könnte man das umgekehrt ebenso gut behaupten. Warum fängt er mich an, wenn dann jede Unterbrechung so willkommen ist? Irgendwann schicke ich ihn mal zum Arzt. Das ist ja nicht mehr normal!

Aber zurück zum wichtigsten Mitglied unserer intellektuellen Arbeitsgemeinschaft: zu Ihnen.

Sie sind es. Sie tragen den wichtigsten und, meiner Ansicht nach, schwersten Teil unserer gemeinschaftlichen Arbeit. Ja, ich bin fest davon überzeugt, dass es der schwerste Teil ist. Denn, sehen Sie, Geschichten erzählen, das können die Menschen seit Jahrtausenden. Seit der Steinzeit und noch länger. Ich brauche, um das zu belegen, nur darauf hinzuweisen, dass die Vorfahren meines Autors jahrtausendelang völlig ohne Schrift auskamen. Und die waren geniale Aufschneider und Erfinder. Ohne Schrift auskommen mussten, später auch deswegen, weil ihre Kultur geächtet war. Für mich als Buch der blanke Horror, aber die Fähigkeit, zu erzählen, Geschichten vorzutragen an sich, ist nichts Besonderes. Und ob ein Mensch die Worte jetzt ausspricht oder aufschreibt, macht da auch nicht mehr viel Unterschied.

Deshalb gibt es in letzter Zeit so eine grandiose Unzahl von Schreibenden. Denn erzählen an sich ist nicht schwer. Die Auslese, die durch all die Jahrhunderte erfolgte, brachte aber ans Licht, dass es nur wenige gab und gibt, die wirklich etwas zu sagen haben. Und nur diese Geschichten sind uns in Erinnerung und in den Bibliotheken geblieben. Wahrscheinlich schrieben zur Zeit Goethes eben so viele Menschen wie in diesem Zeitalter – wann immer Sie mich auch lesen –, doch über die Meisten breitete sich der gütige Mantel des Vergessens. Und neben Wells und Weigel, Zweig und Thoreau war es ebenso. Darum wirkt es heute, als hätten die Schreiber damals ausschließlich geniale Inhalte zu vermitteln gewusst. Zur Zeit meiner Entstehung pflegte man jedoch mehr die Schönheit der Sprache als den Sinn des Inhalts. Das ist so, wenn Sie mir den Vergleich gestatten, als würde man Kirschbäume pflanzen, um sich an den Blüten zu erfreuen, und darunter verhungern, weil man vergessen hat, dass man die Früchte auch essen kann!

Ich rede schon wieder zu viel.

Und nun, im Gegensatz, sehen Sie sich doch einmal die Arbeit an, die Sie selbst leisten. Sie bekommen da etwas in die Hand. Ein Buch. Mich. Und ich bin angefüllt mit obskuren und ganz verwunderlichen Zeichen. Immer und immer wieder dieselben. Da ist nichts anderes als diese verschiedenen Flecken. Und doch – Sie reihen diese Flecken aneinander und daraus entstehen ganz wunderbare Dinge.

Landschaften und Gerüche. Gefühle, Menschen, Gedanken, Farben und vieles, vieles mehr.

Und jetzt sagen Sie mir noch einmal, das sei keine sonderliche Leistung. Vielleicht ist es das für Sie wirklich nicht, weil Sie einfach das Talent dazu haben. Dann kann ich nur mehr staunen.

Aber dieses Wunder geht noch weiter!

Die Düfte, die Sie riechen, die Farben und Landschaften, die Sie sehen, das alles hat wenig mit mir und noch weniger mit meinem Autor zu tun – das sehen alles nur Sie. Nur Sie allein. Und kein anderer Mensch, der mich liest, kann dasselbe noch einmal erleben, so wie Sie es tun. Ja, Sie selbst können es nicht zweimal im selben Maße erleben. Höchstens im gleichen.

Es gibt da diese spaßige Theorie eines Autors, von den zwei Arten der Leser. Solche, die ein Buch lesen und es jedes Mal neu erleben, und solche, die das Buch zwar lesen, es aber niemals verstehen und darum auch nicht erleben. Und weil dieser liebenswürdige alte Herr aus Südamerika stammt und ganz in der christlichen Tradition dort verwurzelt ist, nannte er diese beiden Lesertypen „Leser-Männchen" und „Leser-Weibchen".

Jetzt raten Sie mal, wer von den beiden jedes Mal neu versteht und wer niemals versteht – ein älterer Südamerikaner eben! Aber niemand Geringerer als Julio Cortázar.

Oh, mir dämmert es allmählich, was das für eine Geschichte wird! Wird das doch diese Idee, die Cortázar mal geboren und als undurchführbar wieder verworfen hat? Und diese Österreicherin mit dem Literaturpreis hat doch auch mal davon gesprochen, dass so etwas nie funktionieren kann.

Wie hieß sie doch gleich? Der merkt sich wirklich keine Namen. Das ist doch diese Geschichte, wo dann der …

Ja. Gut. Wenn es dir nicht passt, was ist sage, dann sage ich eben überhaupt nichts mehr.

Du hast recht. Ist wirklich langweilig, wenn ich gar nichts mehr sage. Ist ja schließlich mein Beruf. Und ja, du hast natürlich recht, ich kann die Idee nicht schon jetzt verraten. Wobei – manche meiner Bücherkollegen beginnen durchaus mit dem Schluss und rollen dann auf!

Okay, ja, ich habe ja zugegeben, dass du recht hast!

Manchmal möchte ich doch wissen, was mich dazu bewogen hat, ein Buch zu werden. Auf Gedeih und Verderben ist man seinem Autor ausgeliefert. Da sind Sie mir schon wesentlich lieber. Nun, Sie haben mir bis jetzt noch kein einziges Mal widersprochen. Ja, nicht einmal unterbrochen haben Sie mich bis jetzt. Finde ich toll von Ihnen, wirklich toll.
Da sieht man eben, dass Sie Stil haben und nicht so ein grober Klotz sind wie dieser Rüpel von meinem Autor.

Da fällt mir ein, wie heißen Sie eigentlich?

Wie bitte? Ich verstehe Sie so schlecht.

Tut mir leid, ich höre mehr Rauschen als sonst was. Nein, um Himmels willen, Sie brauchen nicht laut zu sprechen. Es genügt, wenn Sie konzentriert daran denken. Das hat nichts mit Telepathie zu tun und all dem Zeug. Das hat vielmehr damit zu tun, dass ich, wenn man es genau nimmt, ein Teil von Ihnen bin. Denn so ganz auf mich allein gestellt bin ich natürlich nicht lebensfähig. (Und wenn doch, dann würde ich es nicht verraten.) WIR drei nun, WIR bilden eben so eine Art Lebensgemeinschaft. Eine Symbiose.
Da gibt es ganz unten das Arbeitstier, den Körper, die Sinnesorgane und Triebe (wie wahr!) – das ist der Autor. Dann gibt es den Teil, der alles verknüpft und logisch aneinanderreiht und so die alltägliche Geistesarbeit erledigt. Das Bewusstsein könnte man

sagen – das bin ich. Und dann haben WIR da noch so etwas wie ein Unterbewusstsein, eine Seele, wenn Sie so wollen, ein Gewissen, eine leitende, grundlegende, moralische Instanz – das sind Sie. Wenn man es also von dieser Seite betrachtet, dann sind WIR ein Wesen, eine eigene Persönlichkeit.

Freud hätte seine Freude.

Und es sieht aus, als hätten WIR, als eigenständige Persönlichkeit, dieselben Probleme, wie sie Menschen zumeist auch haben. Aus irgendeinem Grund klappt die Verbindung zwischen Bewusstsein und Unterbewusstsein nicht so ganz – ich habe Sie noch immer nicht verstanden. Ich hoffe nur, Sie können mich – klar und deutlich – und überhaupt … Okay? Gut!

Wissen Sie, was ich glaube? WIR machen das ganz anders. Ich kann Sie zwar im Moment nicht verstehen, aber irgendwie gefallen Sie mir und irgendwie habe ich so den Eindruck, als würde „Alex" ganz gut zu Ihnen passen. Was meinen Sie? Könnten Sie sich vorstellen, dass man Sie – so unter Freunden – Alex nennt? Also ich finde, der Name passt zu Ihnen. Ich werde Sie Alex nennen. Punktum!

Und wie ich Sie inzwischen kenne, dann wollen Sie jetzt sicherlich wissen, warum ich denn so scharf darauf bin, Sie mit einem Namen ansprechen zu können. Nun, unser Dritter im Bunde, das freudsche ES, unser Autor, hat da so eine Idee, und dabei ist es durchaus hilfreich, wenn ich Sie direkt ansprechen kann. Sonst bekommen WIR womöglich schneller Probleme, als UNS lieb ist. Wobei, Probleme werden WIR sowieso bekommen, aber es muss ja nicht schneller sein als notwendig.

Nebenbei und unter uns: Ich sage es hier noch einmal ganz deutlich: Diese Idee ist nie und nimmer auf dem Mist meines Autors gewachsen. Das muss festgehalten werden. (Für den Fall, dass es schiefgeht.) Diese Idee hatten bereits zwei Schriftsteller vor ihm.

Nämlich jener Julio Cortázar und diese Österreicherin, von der er sich nie den Namen merken kann. Und beide waren der Überzeugung, dass es nicht funktionieren kann. Mein Autor will aber wieder mal klüger sein!

Das wollte ich nur noch mal so vor mich hingesagt haben.

Jetzt aber wenden WIR uns etwas anderem zu. Dem, wofür WIR eigentlich hier sind.

Seid ihr bereit?

Wie sieht es mit meinem Körper aus? Augen, Ohren, Nase, Arme, Beine – alles in Ordnung? Gut.

Hunger hat er. Hunger! Nicht schon wieder!!

Na ja, ein reiner Körper halt.

Wie sieht es mit Ihnen aus, Alex? Sie sind sich klar darüber, welche Rolle einem Unterbewusstsein zukommt? Praktisch brauchen Sie sich ja um nichts zu kümmern. Die Reaktionen auf Eindrücke von außen erledigen wir beide schon. Alles, was Ihnen zukommt, das sind die groben Richtlinien, nach denen WIR uns zu verhalten haben. Sie geben sozusagen die Himmelsrichtung an, und WIR schreiten stur drauflos in diese Ihre Richtung.

Aber Alex, seien Sie doch nicht so ungeduldig. Ich werde Ihnen schon noch erklären, wie Sie es anstellen können, wenn Sie die Richtung ändern wollen. Ich kann Ihnen doch nicht die Verantwortung für etwas aufbürden und Ihnen dann keine Möglichkeit der Entscheidung lassen. Wie das genau funktioniert, das erkläre ich Ihnen später. Jetzt lehnen Sie sich zurück und genießen Sie, was WIR Ihnen zu bieten haben. Denn zuerst müssen WIR Ihnen doch zeigen, was WIR so alles können, was im Rahmen unserer Möglichkeiten liegt und wie das Ganze eigentlich und überhaupt vor sich geht.

Und weil WIR jetzt eine eigene Persönlichkeit sind und sogar einen eigenen Körper haben, müssen WIR doch logischerweise auch irgendwo sein. Uns an einem Ort befinden.

Gestatten Sie mir mit einem Zitat zu beginnen. Lesen Sie es bitte langsam und behutsam. So wie ein Gebet oder eine Beschwörung. Bleiben Sie mit den Augen am Blatt, am Text, und nicht über meinen Rand hinweg in die Umgebung schielen! Einfach konzentriert lesen und vorstellen. DAS ist Ihr Job!

„Nimm die vollkommene Schwärze des Alls und streue in sie ein paar Lichtkörnchen weit entfernter Sterne. Nimm die scheinbare Schwerelosigkeit und fühle dich schweben inmitten des Schwarz, der glitzernden Punkte, als einer von ihnen. Nimm die unüberwindlichen Weiten auf in dich und verstumme, diese absolute Einsamkeit erklären zu wollen. Nimm diese meine Stimme, die du hörst. Drehen und wenden kannst du dich, wohin du willst, nichts anderes ist da von mir. Nur meine Stimme und unser Leben. Und nichts anderes ist dort von dir. Nur du und unser Leben."
Wie fühlen Sie sich? He, Alex, alles in Ordnung? Ich weiß, es ist ein ziemlich eigenartiges Gefühl, wenn man zum ersten Mal bewusst im vollkommenen Nichts des Kosmos schwebt. Aber Sie werden sich schnell daran gewöhnen, und ich verspreche Ihnen, Sie werden es genießen.
Alex! Wehren Sie sich nicht dagegen. Wenn Sie das tun, dann werden Sie schneller aus diesen Höhen abstürzen als Ihnen lieb ist. Und vor allem schneller, als mir lieb ist.
Es ist nichts Schlimmes dabei. Entspannen Sie sich. Lassen Sie locker, seien Sie nicht so verkrampft. Sehen Sie auf diese Seite und vergessen Sie, dass es etwas hinter dieser Seite zu sehen gibt. Dort ist nichts mehr. Nur noch Schwarz und Nacht und Nichts. Vielleicht, ganz vereinzelt, ein paar kaum wahrnehmbare Lichtflecken. Und jetzt stellen Sie sich vor, dieses Schwarz würde sich auch unter Ihnen und hinter Ihnen ausdehnen.

Sie würden schweben, schwerelos und ungebunden, irgendwo im All.

Lesen Sie den Absatz zuvor noch mal.

Ich gebe zu, es ist eine der schwereren Übungen, weil es doch so ganz Ihren normalen, bisherigen Sinneseindrücken widerspricht. Aber versuchen Sie ruhig, es sich vorzustellen, und verzweifeln Sie nicht, wenn es nicht auf Anhieb klappt. Dieses Lesen ist eine neue Dimension, die über die Grenzen des Gewohnten hinausgeht. Da darf es am Anfang schon ein wenig schwierig sein. Aber WIR werden hierher noch zurückkommen, denke ich. Und Sie haben natürlich auch immer wieder die Möglichkeit, zurückzublättern und es noch einmal zu versuchen. Nichts ist Ihnen verwehrt. Sie haben die Kontrolle. Und die Reisen, die WIR drei unternehmen können, unterscheiden sich doch ziemlich von dem, was Sie so im Normalen unter Reisen verstehen. Denn wir müssen ein wenig reisen, damit Sie die Tragweite dieser neuen Dimension erkennen können. Entfernungen und somit auch Transportmittel spielen dabei für uns keine Rolle, es sei denn, sie spielen eine Rolle in der Geschichte, und so können WIR uns ansehen, was immer WIR wollen. Und ich wollte immer schon die Werft sehen, in der mein Autor vor langer Zeit gearbeitet hat. Warum, das sei dahingestellt. Die näheren Umstände seiner damaligen Tätigkeit sind hier für uns nicht interessant. Mir geht es einfach darum, zu beweisen, dass Entfernungen kein Hindernis sind. Auch nicht, wenn die Reise quer durch eine Galaxis geht. Und diese Werft liegt so ziemlich am anderen Ende.

Die Reparaturwerft von Ermons 218!

Was ist?

Was los ist, will ich wissen? WIR sind immer noch hier!

Wieso geht das nicht?

Äh, ja, vielleicht hast du recht.

Ach Alex, ich fürchte, WIR haben ein kleines Problem. Mein Autor hat mich eben daran erinnert, dass die Werft inzwischen ja nicht mehr existiert. Was einen Besuch zugegeben schwierig macht. Außerdem hat er die Werft auf dem Asteroiden damals unter etwas, nun ja, unglücklichen Umständen verlassen müssen und dass es vielleicht unangenehme Folgen haben würde, wenn er dort noch einmal auftaucht. Abgesehen davon ist er offensichtlich nicht darauf erpicht, sich daran zu erinnern. Und darauf würde es ja hinauslaufen, wenn er darüber schreibt. Denn – noch einmal – ER erlebt es, ICH koordiniere dieses Erlebnis, aber SIE geben uns die Energie, tatsächlich dort zu sein!

Also gut, wollen WIR diese Reise streichen. Aber ich möchte auf so etwas nicht verzichten. Es gibt da genug Orte in den Gedanken meines Autors, die man besuchen könnte. Und, ja, ich sehe alle seine Gedanken. Unter uns, Alex, Sie sind ein gebildeter, kultivierter, erwachsener Mensch. Glauben Sie mir, dem seine Gedanken wollen Sie nicht alle kennen!

Was hältst du von Vayx Dom?

Ich weiß, dass Vayx eine Sonne ist. Aber Vayx II dürfte dir bekannt sein, mein lieber, lieber Autor. Und was würdest du davon halten, wenn du endlich …?

Hallo!!

Alex, ich glaube, das hier wird auch Ihnen gefallen. WIR stehen auf einer Anhöhe und unter uns drängt sich das ebene Land wie ruhige See in eine Bucht, umgeben von einer Kette aus hohen Bergen. Weit höhere als der Berg, auf dem WIR stehen. In einem leichten Halbrund umfassen sie diese Ebene, die sich auf der anderen Seite weit, immer weiter hinaus erstreckt bis an den Horizont. Die Berge sind dort, wo sie nicht mehr das dunkle Grün der niedrigen Pflanzen bedeckt, von einem zarten, samtenen Rot. Und einige von ihnen tragen auf ihren Spitzen, hoch in den strahlend

blauen Himmel gereckt, tatsächlich noch glitzernde weiße Flächen von ewigem Eis. Noch höher in diesem wolkenlosen Himmel aus schwerem Blau steht eine Sonne. Riesig und rot ist sie, aber bei Weitem nicht so grell wie die Sonne der Erde. Immerhin bedeckt sie beinahe ein Viertel des Himmels. Vayx Dom, das ist eine sehr alte Sonne und sie ist auf dem besten Weg, zu einem Roten Riesen zu werden. Wenn WIR tief einatmen, dann fühlen wir die reine Luft, die doch ein wenig rauchig schmeckt. Das kommt von der hohen UV-Strahlung und dem Ozon. Denn eigentlich liegen die Sonne und ihr Planet im Sterben. Nach kosmischer Zeitempfindung. Einstweilen spiegeln sich ihre Strahlen noch in dem See dort draußen in der Ebene. Still wie ein Spiegel liegt das bläulich und grün schillernde Gewässer, von keinem Hauch gekräuselt, und dahinter, am anderen Ufer, bewegen sich träge einige Schatten. Vermutlich eine Herde Granas, aber WIR sind zu weit entfernt, um das erkennen zu können. Nur mehr wenige der alten Bewohner leben noch auf diesem inzwischen doch sehr trockenen und heißen Planeten. Diese genügsamen Wiederkäuer leben dort, wo in der drückenden Hitze noch ein spärlicher Rest einer früher üppigen Vegetation zu finden ist. Vielleicht sind sie wirklich so genügsam, vielleicht sind sie auch einfach nur zu stur oder zu schwerfällig, um zu begreifen, dass sie aussterben.
Hinter uns steigen die Berge empor. Hoch und immer höher. Einer hinter dem anderen. WIR stehen weit über der Ebene, hier weht eine leise, weiche Brise von den Gipfeln, und doch sind WIR noch nicht einmal auf halber Höhe zu diesen leuchtenden Zinnen. Es ist ein kleines Vorgebirge, das sich hier erstreckt, und gerade auf dem Felsen hinter uns erheben sich mächtige, von der Erosion zernagte Mauern. Aufgeschichtet aus riesigen Quadern des rötlichen Gesteins überdauern diese Gemäuer bereits undenkliche Zeiten. Verlassen WIR den steilen Abhang zur Ebene hin und sehen WIR uns diese alte Festung etwas genauer an. Kein Mensch hat diese Festung jemals gesehen oder betreten, trotzdem ähnelt sie mittelalterlichen Burgen. Der Wunsch nach Trutz und Pomp

ist bei vielen Rassen sehr ähnlich vorhanden. Das gut dreimal mannshohe Tor ist längst zu Staub zerfallen und der Durchgang gibt nun den Blick frei auf den großen quadratischen Innenhof und die dahinter aufragende Burg. Wenn auch die unzähligen Jahrhunderte unübersehbar an diesen Gemäuern genagt haben, so ist diese Anlage doch noch immer pompös und ehrfurchtgebietend anzusehen, wie sie ihre roten Zinnen und Zacken hineinreckt in diesen gleißend blauen Himmel.

Der Boden des Hofes ist bedeckt mit großen, ebenfalls quadratischen Steinplatten, und in den feinen Ritzen dazwischen wachsen nur wenige kümmerliche Halme. Nur der Staub, ein Geschenk der Jahrhunderte, bedeckt alles und lässt erkennen, dass sich seit Generationen niemand mehr hierher verirrt hat. Trotz allem erweckt diese trutzige Burg einen verwunschenen Eindruck. So als würde sie noch immer darauf warten, dass einer zurückkehrt und sie zu neuem Leben erweckt.

Der ganze weitläufige Hof ist gepflastert mit diesen Platten. Vom hohen Tor hinüber zu einigen Stufen, die zu einem hohen schlanken Portal gleich einer gotischen Kathedrale führen. Weit reicht der Platz nach links zu verfallenen, niedrigen Gebäuden, vielleicht einmal Werkstätten, und bis nach rechts hinten zu einem großen, mit schweren Steinringen eingefassten Brunnen. Hinter diesem Brunnen erhebt sich ein mächtiger Baum. WIR gehen hinüber und betreten den Schatten seiner weit ausladenden Krone aus kleinen harten Blättern, die den Brunnen vor den Strahlen der roten Sonne beschützt. Angenehm kühl ist es, wenn man diesen Schatten betritt, obgleich auch hier die Temperatur weit über dem liegt, was ein Mensch auf Dauer aushalten könnte. Der grob behauene Rand des Brunnens glüht nicht wie die Mauern im prallen Ansturm des Lichts und fühlt sich doch warm an, wenn man sich über ihn lehnt, um in die bodenlose Finsternis hinabzusehen. Der Baum mit seiner bleichen Rinde ist mächtig und breit gewachsen. Seine Wurzeln haben längst die freie Erde verlassen und die ringsum liegenden Platten gesprengt. Seit Jahrhunderten muss er hier gewachsen sein. Seit die letzten Bewohner die Festung verlassen haben. Geschützt durch die Mauern vor den Stürmen und der vernichtenden Glut der Sonne, genährt vom Brunnen, hat er sich zu einem mächtigen Symbol des Lebens entwickelt, das selbst an einem so verlassenen Ort bestehen kann. Als ein lebendiges Wesen, das dem Schicksal und dem Willen der Mächtigen trotzt. Seine Rinde ist groß, rissig und bleich, und er muss wohl wirklich schon so alt sein, dass der letzte der Bewohner ihn als Samen gepflanzt haben könnte. Vielleicht als Symbol, vielleicht aus Trotz. Vielleicht einfach nur um zu zeigen, dass das Leben auch den widrigsten Umständen standhält. Aber gehen WIR weiter auf … Augenblick mal!

Das ist doch nicht Vayx II.

Die Sonne. Diese Berge. Diese Ebene! – Der See! Diese Festung!!

Bist du von allen guten Geistern verlassen?! Bring uns sofort hier weg!!

Egal wohin! Meinetwegen zurück ins All. In das verborgene Schwarz, in die Sicherheit der Einsamkeit. Sofort!

Ah, herrlich. Eingehüllt in schwarzem Nichts, in dem man frei von allem schwebt und unauffindbar ist. Rund um UNS nur Nichts. Nur Stille und Dunkelheit. Entschuldigen Sie Alex, aber dieser plötzliche Übergang war keine Effekthascherei, sondern leider notwendig. Und ich würde es Ihnen ja gerne erklären, aber dazu wäre nicht nur eine wirklich ausführliche Geschichte notwendig, sondern auch so einiges an Information aus den verstecktesten Winkeln im Gehirn meines Autors. Und nur mit dem Drumherum allein würden WIR unseren Rahmen schon bei Weitem sprengen. Zu dem, wozu WIR eigentlich hier sind, hätten WIR dann überhaupt keine Zeit mehr. Übrigens, wie fühlen Sie sich? Wie war diesmal der Übergang? Klappt das schon mit dem Schweben und all dem Ganzen? Noch nicht so recht. Ja, dachte ich mir. Nur Geduld, nur Geduld, kommt alles mit ein wenig Übung.

Ich muss Sie jetzt ganz kurz verlassen. Für einen klitzekleinen Augenblick. Seien Sie doch bitte so nett, üben Sie noch ein wenig das Gefühl des geborgenen Schwebens im All und überspringen Sie den nächsten Absatz ganz einfach.
Danke.

Arschloch! Du verdammter, verfressener Idiot! Hast du dir schon das Hirn aus dem Schädel gefickt oder bist du so blöd geboren? Also Ermons ist dir zu gefährlich? Ja? Dort möchtest du nicht hin, weil sie dich dort erkennen könnten? Ja? Und dann baust du solche Scheiße! Ins Alte Zentrum! Ausgerechnet ins Alte Zentrum bringst du uns, und an genau die Stätte, die kein lebendiges Wesen betreten darf! Den wohl verbotensten Ort im Umkreis von vielleicht einem Dutzend Galaxien. Damals haben sie ganze Planeten liquidiert, um jede Erinnerung auszulöschen. Dass dieser eine überhaupt noch existiert, dient wahrscheinlich nur dazu, um die letzten Versprengten des Aufstandes zu finden. Und genau dorthin bringst du uns? Bist du noch zu retten oder willst du die Menschheit einfach nur umbringen!?!
Was heißt, ich soll mich nicht aufregen, ich bin nur ein Buch?! Man kann mich verbrennen, zerreißen, ersäufen und einstampfen.
Oh doch, es macht mir was aus! Also lass solche verdammten Extratouren in Zukunft.
Wenn du dich unbedingt an die Große Revolution und an das Alte Zentrum erinnern willst, dann schreib gefälligst eine eigene Geschichte. Aber lass Alex und mich dabei heraus – du damischer Hirsch, du damischer!

Entschuldigen Sie, Alex, ich hoffe doch, Sie haben beim letzten Absatz weggehört. Falls das überhaupt möglich ist. Aber eigentlich ist ja alles meine Schuld. Ich wollte Ihnen zeigen, wozu WIR gemeinsam fähig sind, was WIR alles können. Und vor allem, wie das so funktioniert. Sieht aus, als wäre ich ein wenig eitel.

Denn eigentlich müssten Sie ja, als Profi des Lesens sozusagen, schon genug solcher Reisen mitgemacht haben. Dann wissen Sie ja, was WIR alles können. Egal ob Sie in Sibirien mit dem Kurier des Zaren geritten sind, den amerikanischen Mittelwesten auf dem Rücksitz von Arthur Miller unsicher gemacht oder mit Don Camillo entlang des großen Flusses in die Pedale getreten haben. Ob Sie mit Harry Potter in der Bibliothek studiert, mit Alexander Humboldt die Welt bereist oder an der Seite von Sherlock Holmes den Londoner Nebel zerteilt haben.

Sie wissen, dass es für UNS grundsätzlich keine Grenzen gibt. Weder im Raum noch in der Zeit. Egal ob Mittelalter oder ferne Zukunft. Egal ob eine weit, weit entfernte Galaxis oder die Kneipe ums Eck – für UNS ist es egal. Wo immer WIR hinkommen, WIR können uns dort eine Geschichte erzählen lassen, die sich dort zuträgt. Denn Geschichten gibt es immer und überall.

Und genau hier bewegt sich der spezielle Punkt, springt er auf und wird so zum springenden Punkt.

Eine Geschichte, „die sich hier ereignet" – in der Vereinigung mit Ihnen, Alex, bekommt diese Feststellung eine ganz eigene und unerwartete Ausprägung. Es ist diesmal ein wenig anders und ich muss ehrlich sein, wenn ich nicht unfair werden will.

Erinnern Sie sich an diese Burg? Natürlich hätten WIR uns auch zurückversetzen können in jene Zeit, als diese Burg noch bewohnt war und das Land blühend und fruchtbar. Es wäre eigentlich keine Schwierigkeit für UNS. WIR aber waren nicht damals dort – und das ist das Einmalige, das Besondere an Ihnen und Ihrer Kraft – WIR waren JETZT dort.

Und WIR waren wirklich dort. Wenngleich nicht als physische Person, sondern als eine energetische Lebensform, eine Manifestation, geschaffen aus Körper, Bewusstsein und Geist. Das mag für Sie im ersten Augenblick etwas überraschend und fremd klingen, aber das Einmalige liegt darin, dass Sie mir zuhören, dass WIR in dem, was WIR sind, was WIR tun, eins sind. Sie können diese Geschichte nicht erleben, wenn ich Ihnen fehlen würde. Und ich kann diese Geschichte nicht allein erleben, denn nur durch Ihre Gedanken erhalte ich genug Energie, um die Realität zu erkennen – und wenn Sie mich zuklappen und weglegen, dann verfalle ich augenblicklich in ein Koma, so wie jede Materie, der die Seele, das Geheimnis des Lebens fehlt. Sie sind der Hauch des Lebens, der mich handeln lässt, und nur gemeinsam können WIR leben. Unseren Körper benötigen WIR dabei nicht unbedingt. Eigentlich ist er ja eher ein hinderliches Anhängsel, aber er wird uns noch sehr nützlich sein, Sie werden sehen. Zumal eben UNSER Körper über eine wunderbare Abnormität verfügt, die in UNSEREM Fall durchaus hilfreich ist. Diesem UNSEREM Körper, UNSERER Symbiose, ist es möglich, sich als physische Manifestation zu verstehen, was aber noch nicht unbedingt heißt, dass er auch wirklich körperlich vorhanden ist. Oder zumindest nicht vollständig vorhanden und – ach Alex, ich merke, Sie verstehen nicht, worauf ich hinauswill. Es klingt ja zugegeben ziemlich verworren. Sehen WIR uns das mal an einem kleinen Beispiel an.

WIR sitzen hier in einem Wagen am Fahrersitz. So ein richtiger großer Ami-Schlitten. Ein himmelblaues Oldsmobile. Das Armaturenbrett ist aus Chrom und hellem Holz, und draußen die Straße ist sonnig und ruhig. Es ist später Nachmittag oder früher Morgen, und in dem Viertel, draußen vor einer amerikanischen Großstadt, herrscht schläfrige Vorortstille. Zwei Häuser weiter hält ein schwarzer Wagen, aber niemand steigt aus. Vier junge Burschen sitzen darin und warten. Sie werden nicht sehr lange auf die Probe gestellt. Jetzt kommt ein weiterer Wagen, ein Mercedes Cabrio, goldfarben, aus der Gegenrichtung die Straße herunter und hält auf der anderen Seite gegenüber dem schwarzen Chevi. Bewusst lässig zwängen sich je vier junge Burschen aus den beiden Wagen und bleiben davor stehen. Doch noch bevor sie einen einzigen Schritt machen können, kommt Leben in die verschlafene Stille. Polizeisirenen heulen auf, bunte Lichter spiegeln sich in den Fensterscheiben und mit quietschenden Reifen blockieren auf jeder Seite drei Polizeiwagen die Straße. Polizisten springen heraus, zwei aus jedem Wagen und mit kugelsicheren Westen über den Uniformen. Sie gehen mit gezogenen Waffen hinter ihren Fahrzeugen in Deckung. Aber auch die acht Jungs rennen herum. Autotüren klappen, Kofferraumdeckel, und ebenso plötzlich, wie die Polizei aufgetaucht ist, halten sie schwere automatische Waffen in der Hand. Das sieht mir ziemlich nach einer Pattstellung aus. Zumal einer der Jungen jetzt auch noch etwas schultert, das verdächtig einer Panzerfaust ähnlich sieht.

Sie glauben, ich denke mir diese Geschichte aus? Ich fürchte, ich muss Sie enttäuschen. Das ereignet sich tatsächlich jetzt in diesem Augenblick. So leid es mir tut. Obwohl ich mir, ehrlich gesagt, nicht ganz sicher bin, welche Stadt es denn nun ist. Ich traue meinem Körper nicht so recht. Es könnte Washington sein, aber natürlich ebenso gut Boston oder Chicago. Houston vielleicht. Irgendwo in den USA wahrscheinlich, wo es eben gerade später Morgen oder früher Nachmittag ist – ist auch egal. Es passiert jetzt gerade.

Eben fordert einer die eingekreisten Jungen über Megaphon auf, sich zu ergeben. Eine rein rhetorische Angelegenheit fürs Protokoll. Kein verrückter, drogensüchtiger Dealer wäre so dumm, sich einem verrückten, drogensüchtigen Polizisten zu ergeben. So ganz begreife ich sowieso nicht, warum sie sich gegenseitig abknallen, aber auf der einen Seite habe ich noch niemals behauptet, Menschen zu verstehen, und auf der anderen Seite geht es mich ja auch nichts an.

Sollten Sie, Alex, wertes Gewissen, der Meinung sein, dass WIR jetzt ein Blutbad verhindern müssten, dann haben Sie Ihren Job als UNSER Gewissen zur vollsten Zufriedenheit erfüllt. Ob ich, als UNSER Bewusstsein, es allerdings auch machen werde, das muss ich mir noch gut überlegen. Aber was heißt überlegen, ich wollte Ihnen etwas zeigen und ein kleiner Überraschungseffekt könnte die Sache da draußen auf der Straße vielleicht etwas glimpflicher abgehen lassen.

Eben hat der Junge mit den schwächsten Nerven die Scheiben eines Streifenwagens eingeschossen und den Uniformierten lautstark und ohne Megaphon mitgeteilt, was er mit ihren Ärschen machen wird, wenn sie nicht verschwinden. Ebenfalls eine rein rhetorische Aufforderung.

Aber allmählich wird es wirklich Zeit, dass WIR etwas unternehmen. WIR parken nämlich mit unserem himmelblauen Mobil etwa auf halbem Weg zwischen Dealern und Polizei. Also steigen WIR mal langsam aus und strecken UNS genüsslich durch, damit UNSER Körper auch was davon hat. Danach wechseln wir mit UNSEREM Körper aber schleunigst zur reinen Energieform, wobei wir das Erscheinungsbild aufrechterhalten. Was bedeutet, dass uns die lieben Leutchen zwar sehen können, aber nicht anfassen. Und wir die Tür nicht mehr schließen können, na toll.

Einer der Polizisten ruft UNS zu, WIR sollen UNS ducken und zu ihnen hinüberlaufen. An sich ein sehr vernünftiges Unterfangen, wenn WIR ein normaler Mensch wären. Aber WIR sind etwas ganz Besonderes.

Darum gehen WIR gemächlich, und natürlich aufrecht, um UNSEREN Wagen herum – und direkt auf die ziemlich verblüfften Kinder zu. Tatsächlich scheint nur einer von den Jungen älter als achtzehn zu sein.

Die Polizisten fragen brüllend, ob WIR verrückt sind; die Kinder fordern brüllend, WIR sollen verschwinden. Und es ist doch tatsächlich eine etwas unangenehme Situation. Es wäre eine höchst unangenehme Situation – für einen normalen Menschen. WIR allerdings sind bloß die energetische Projektion UNSERER gemeinsamen Gedanken, nicht aber physisch vorhanden. Und darum gehen WIR ruhig und gelassen weiter auf die schwer bewaffneten Kids zu. Die sind so verblüfft, dass sie zuerst einmal gar nichts tun. Und als WIR nur noch ein paar Schritte von ihrem Wagen entfernt sind, springt plötzlich der mit den schwachen Nerven, ein Weißer mit strohblondem Haar und wässrigen blauen Augen, auf und brüllt: „Ay blow ya motherfucker's head off!"

Gleichzeitig zieht er durch und jagt UNS ein paar Schüsse entgegen. Gar nicht mal so schlecht gezielt. Vier der zwei mal drei Projektile hätten UNS sogar getroffen. Aber da WIR ja nichts weiter sind als eine Projektion UNSERER Gedanken schlagen auch diese vier Geschosse natürlich ungehindert hinter UNS im Asphalt ein. Sein Mund klappt auf und seine Augen weiten sich. Und weil er es nicht fassen kann, zieht er den Stecher noch einmal durch und lässt ihn gleich gar nicht mehr los. Selbst als keine Patrone mehr im Magazin ist, lässt er nicht los. WIR sind aber inzwischen nahe genug, um von der reinen Projektion in die Manifestation zu wechseln und ihm das Gewehr aus den Händen zu nehmen. Er leistet nicht mal Widerstand.

Entschuldigen Sie, Alex, ich weiß nicht, vielleicht gehören Sie zu den Verfechtern der antiautoritären Erziehung, dann dürfte ich das jetzt nicht tun, aber wie so oft handelt das Bewusstsein schneller, als das Gewissen entscheiden kann. Also kleben WIR ihm rechts und links eine, dass es ihn auf sein Hinterteil setzt. Von wo aus er UNS noch immer ungläubig anstarrt.

Aber allmählich wird es Zeit zu verschwinden. Darum springen WIR lässig in den offenen Kofferraum, schließen die Klappe hinter UNS, und …

… befinden UNS wieder schwebend im schwarzen Nichts.

Verstehen Sie jetzt besser, was ich mit „teilweise physischer Manifestation" gemeint habe? Die Leute können UNS sehen, wenn WIR es wollen, obwohl WIR eigentlich im physischen Sinne nicht dort sind. Darum können ihre Kugeln UNS auch nicht verletzen. Aber um einem Grünschnabel, der sich erfrecht, auf mich – auf UNS! – zu schießen, eine zu kleben, dazu kann die Hand dann wirklich vorhanden sein. Natürlich ist es viel einfacher, entweder ganz da zu sein oder nur als Projektion. Es erfordert nicht so viel Konzentration. Man vergisst nämlich ganz gerne bei dieser Übung, dass man einen Körperteil materialisiert hat, und lässt ihn dann so. Hätte ich mir vorhin, etwa beim Schließen des Kofferraumdeckels, die Hand eingeklemmt, dann hätte das höllisch weh getan. Die Hand war ja noch da! Physisch. Natürlich, ich musste ja den Deckel bewegen. Aber keine Angst, ich bin ganz gut darin, WIR werden UNS also nicht verletzen. Und selbst wenn das geschehen sollte, ich glaube nicht, dass Sie als UNSER Gewissen wirklich Schmerz verspüren würden. Also, ich glaube nicht, ich habe es natürlich noch niemals ausprobiert. Dann werde ich auch jetzt nicht damit anfangen. Versprochen.

Aber bei diesem Beispiel sehen WIR eine weitere Dimension unserer Zusammenarbeit. Eine Dimension, die uns allerdings auf Grund ihrer Vorgaben einschränkt. WIR waren JETZT in dieser Straße. Genau in dem Augenblick, in dem es geschehen ist. Und deshalb konnten WIR eingreifen. Hätten WIR uns aber in unserer Reisefreiheit auch in der Zeit vorwärts- oder zurückbewegt, dann wären WIR zu reinen Zusehern geworden. Denn in eine Handlung, die schon geschehen ist, oder erst geschehen wird, können WIR – jetzt – nicht eingreifen.
„Er ist dort gestanden, und ich klebe ihm jetzt eine."
Geht nicht.
„Er wird dort stehen, und ich klebe ihm jetzt eine."
Geht genauso wenig.
So weit, so logisch. Aber leider, Zeit ist nicht logisch. Egal, was Sie unter Menschen so gelernt haben. Zeit ist nicht Raum und gehorcht daher auch nicht räumlichen Bedingungen wie Anfang, Ende oder Dauer. Genaueres führt hier wirklich zu weit. Ich muss das jedoch einfügen, denn sonst werden Sie sich wundern, warum manche Längen scheinbar nicht existieren, obwohl die Logik es erfordern würde. Auch ich als Bewusstsein eines rein energetischen Wesens kann Raum und Zeit nicht umgehen. Aber ein wenig verbiegen.

Ich glaube aber, Sie erkennen allmählich, worin das Geheimnis unserer Tatsächlichkeit, unserer Tätlichkeit verwurzelt liegt. In unserer Gegenwart. Oder, wenn Sie es genauer und hochtrabender haben wollen: dieses Buch, diese Worte bilden eine potentielle Existenz, eine Manifestationsoption, die allerdings für sich allein nicht handlungsfähig ist. Erst durch Sie (!), durch Ihre Aufmerksamkeit, Ihre Gedanken, Ihre psychische Kraft, und mögen Sie selbst sie auch für noch so gering halten, verströmt Energie, wodurch sich das gewaltige Potential eines Buches entfalten kann. Ich mich entfalte. Sollten Sie gläubig sein, dann wird sich Ihnen jetzt selbstverständlich der Vergleich mit Körper und Seele aufdrängen. Ich habe ihn ja ebenfalls schon verwendet. Und Sie liegen damit nicht einmal so falsch. Wenn Sie davon absehen, dass das lebendige Wesen, das WIR bilden, eben kein Mensch ist, sondern ein um vieles mächtigeres Wesen – mächtig durch den Mangel an Beschränkungen. Ein Wesen, dem wesentlich größere Möglichkeiten zur Verfügung stehen. Ob WIR allerdings ein sogenanntes „höheres Wesen" darstellen, das möchte ich doch eher bezweifeln – wenn ich mir meinen Autor so ansehe …

Doch Vorsicht!
Sie könnten jetzt davon ausgehen, dass UNS, als mächtiges Wesen, eine tragende Rolle in der Menschheitsgeschichte zugedacht ist. Aber in dieser Beziehung muss ich Sie enttäuschen. Natürlich ist UNS vieles möglich, wovon andere nur träumen, aber die Umsetzung UNSERES Wissens und UNSERER Möglichkeiten in die Realität der allgemeinen Menschheit, jener Menschheit, die von UNSERER Existenz keine Ahnung hat, erweist sich als durchaus problematisch.
Am besten erkläre ich Ihnen das wieder anhand eines Beispiels. Diesmal werden WIR aber keine Schwierigkeiten haben, diesmal verreisen WIR ohne unseren Körper. In diesem Fall angebrachter. Und außerdem ist der sowieso schon wieder beim Essen.

Eigentlich ist es diesmal nicht notwendig, dass WIR uns ein bestimmtes örtliches Ziel vornehmen. Gehen WIR einfach in eine beliebige, protzige Villa eines Mächtigen und sehen WIR UNS einmal an, wen WIR dort so treffen. Gut, vielleicht ist der Ausdruck „gehen" in UNSEREM Fall nicht so ganz angebracht, aber soll ich sagen: „Schweben WIR einfach mitten hinein und sagen WIR guten Tag"?

Uuhps!
Und was soll das jetzt? Hier ist es genauso finster wie dort, wo WIR herkommen. Ich kann Ihnen beim besten Willen augenblicklich nicht sagen, wo WIR UNS befinden. Na ja, ein paar Grenzen haben WIR auch. Ich meine, wo kein Licht ist, da kann auch ich nichts sehen. Tut mir leid. Aber warten Sie mal, Alex, dem Geruch nach würde ich sagen, WIR sind hier in irgendeinem Keller gelandet. Vielleicht sollte ich in Zukunft mit meinen Ortsbestimmungen doch etwas genauer sein.
Hier hat es genau so einen Mief wie in jedem gewöhnlichen, feuchten Keller. Dabei wollte ich doch ausdrücklich in eine protzige Villa. Vielleicht bin ich auch nur etwas zu tief angekommen. Kann ja mal vorkommen. Steigen WIR einfach zwei oder drei Meter nach oben und sehen UNS an, welches Gebäude auf diesen Fundamenten ruht. Aber irgendwie würde es mich schon interessieren, warum WIR hier gelandet sind. Dieser Keller hat nämlich neben seiner völlig lichtlosen Dunkelheit noch eine andere Besonderheit zu bieten. Er dürfte ziemlich groß sein, dieser Keller. Ich fühle die Decke über mir und zwei Wände an den Seiten. So als würden WIR in einer Ecke unter der Decke schweben. Aber der Fußboden muss ziemlich weit weg sein. Mehr als zwei Meter. Auch andere Wände, die den Raum begrenzen, kann ich nicht spüren. Und die Decke scheint etwas weiter vorn ebenfalls zu verschwinden.
Also es gibt schon Augenblicke, da wünsche ich mir, mein Autor würde tot umfallen oder zumindest nicht so ausgefallene Ideen an den Tag legen. Oder wenigstens an den Tag, aber ich hasse es, wenn ich nicht mal sehen kann, wo ich bin!

Kommen Sie, sehen WIR uns mal die oberen Räume an. Vielleicht kommen WIR dann dahinter, was das Ganze soll. Und …

Moment!

Haben Sie das gehört?

Oh, Entschuldigung, ich habe vergessen, dass Sie ja nichts hören können. Da war so ein Geräusch, als wäre eine Tür zugeschlagen worden. Etwas weiter weg.

Ich glaube, WIR bleiben noch ein wenig hier. Würde mich doch wundern, wenn nichts geschehen würde.

Da, jetzt wieder dieses Geräusch. Viel näher als das erste Mal. Und jetzt höre ich auch Schritte. Das klingt, als würde jemand mit Ledersohlen auf Steinplatten gehen. Und da ist noch jemand. Eine zweite Person schlurft hinterher. Müde oder alt. Ein Schlüssel wird umständlich in ein Schloss gesteckt. Dürfte sich um ein älteres Baujahr handeln. Der Schlüssel wird herumgedreht – ein sehr altes Baujahr. Eine Tür schwingt knarrend auf.

Ah! Endlich Licht!

Wenngleich auch nur eine kleine Lampe über der Tür.

Ach so! Ja, jetzt wird mir einiges klar. Alex, Alex, dahinter wären Sie nie gekommen. WIR sind hier in einem riesigen, alten Weinkeller! Kreuzrippengewölbe spannen sich über uns, getragen von wuchtigen Säulen. Eine hinter der anderen. Der Boden ist aus großen, gelblich grauen Steinplatten gelegt und die Säulen aus dem gleichen Stein streben zu dem Gewölbe nach oben. Regale mit verstaubten Flaschen verlieren sich irgendwo weiter hinten in der Dunkelheit des weitläufigen Saales. Gleichmäßig geordnet wie Reihen einer mittelalterlichen Schlachtordnung streben klobige Rüttelkästen, in denen die Flaschen kopfüber ausharren, aus der Finsternis nach vor in das Licht der einen kleinen Lampe über der Tür. Selbst das Glas dieser matten Glühbirne ist so verstaubt, als wäre sie eine von Edisons Prototypen. Und die Tür selbst erst! Schwere Holzbalken, vernietet und mit dickem Eisen beschlagen. Ein riesiges, uraltes Schloss innen aufgesetzt.

Ich habe nicht die leiseste Ahnung, wo WIR UNS hier befinden. Eine protzige, neu gebaute Villa scheint das aber auf keinen Fall zu sein! Dazu ist mir das Ganze zu massiv und die Staubschicht zu dick. Durch die niedrige, massive Tür gelangt man erst mal auf eine kleine Plattform und von dort über zwei hohe Stufen auf die eigentliche Ebene der Halle. Und diese beiden Stufen sind so ausgetreten, dass sie wohl schon jahrhundertealt sein müssen.

Auch die beiden Männer, die da scheinbar unschlüssig auf der kleinen Erhöhung herumstehen, lassen keine Identifikation zu. Unter der Tür harrt ein kleiner alter Mann mit Glatze und einem mürrischen Gesichtsausdruck aus. Er trägt einen weiten langen Mantel, der nichts von seiner sonstigen Kleidung erkennen lässt. Aber er wirkt irgendwie nachlässig und schmutzig, als wäre er zu oft mit den verstaubten Flaschen zusammen. Der andere Mann ist ziemlich genau das Gegenteil. Groß und gepflegt trägt er einen dunklen Anzug, eine unauffällige Krawatte, und seine Schuhe glänzen, als wären sie eben erst geputzt worden. Das Haar lichtet sich schon ein wenig an der Stirn, und von leichtem Grau durchzogen liegt es sorgfältig frisiert an den Schläfen. Würde das Time Magazin nicht den Mann, sondern den Politiker des Jahres wählen, dann hätte der Junge gute Chancen auf den Titel. Die Weste unter dem Anzug spannt ein wenig, aber er ist nicht dick. Die Haut zeigt einen sportlichen Schimmer, aber er ist nicht braungebrannt. Ach, er sieht einfach so unbedeutend durchschnittlich aus wie der erfolgreiche Manager aus der Werbung.

Wüsste ich nicht, dass dies ein ernsthafter Versuch ist und WIR UNS wirklich hier befinden – wo immer dieses „Hier" auch sein mag –, dann würde ich meinem Autor kurzerhand schlechten Geschmack bescheinigen. So etwas von Abgeschmacktheit und Mittelmäßigkeit wie diesen Möchtegernminister dürfte keine Phantasie gebären. Aber mein Autor sagt ja immer, dass die Realität bei Weitem banaler, einfacher und einfallsloser ist, als es sich ein Geschichtenerfinder jemals erlauben dürfte.

Dann ist das hier wirklich die Realität.

Aber die beiden stehen nur stumm herum und rühren sich nicht. Tun nichts, sprechen nicht, warten offensichtlich auf etwas oder jemanden.

Der Elegante scheint besonders nervös zu sein. Er kann nicht mal ruhig auf seinem Platz stehen. Ständig reiben sich seine Hände aneinander, suchen seine Augen die endlosen Regalreihen ab, als gäbe es dort etwas zu entdecken. Und gerade diese Augen wirken so eigenartig unstet, so unnatürlich fahrig.

„Wo ist er?", fragt der nervöse Große jetzt endlich, aber der alte Mann zuckt gelangweilt mit den Schultern.

„Was weiß ich? Wird schon kommen. Ich muss wieder zurück."

„Sie können mich doch hier nicht allein lassen!", empört sich der Große ärgerlich.

Sieht so aus, als hätte dieser erwachsene Mann Angst. Vielleicht vor Monstern und Geistern? Womöglich vor Wesen, die unsichtbar an der Decke schweben und alles belauschen? Was für ein kindischer Kerl.

Übrigens sprechen die beiden eine Art von Spanisch. Zumindest ein Hinweis auf unseren Aufenthaltsort.

Obwohl ein beträchtlicher Klassenunterschied zwischen den beiden Männern zu bestehen scheint, zuckt der Heruntergekommene wiederum nur verächtlich mit den Schultern und wendet sich ab.

„Wenn Sie gehen", meint er ungerührt, „dann schließen Sie ab und schalten das Licht aus. Sonst verderben Sie mir noch den Wein."

Es klingt beinahe wie eine Anweisung, es klingt aber auch so, als würde er nicht wirklich erwarten, dass der Herr im Anzug auch danach handeln wird. Ohne auf den gemurmelten Protest zu achten, wendet sich der glatzköpfige Mann ab und entfernt sich langsam und mit schweren, schlurfenden Schritten.

Als er verschwunden ist, geht der große Mann nervös einige Male oben die drei Schritte hin und her und kommt dann zögernd herunter in den Saal.

Gegenüber der Tür, in der weiten Fläche zwischen den mittleren Regalen, steht ein langer, massiver Holztisch. So massiv wie die

Tür. An jeder seiner Längsseiten erkenne ich eine Bank aus ebenso altem wie dickem Holz. Eine Festtafel für mindestens zwanzig fahrende Ritter.

Aus dem ganzen Baustil, den Materialien und der verschwenderischen Weitläufigkeit würde ich schließen, dass es sich bei diesem Gemäuer um eine alte Burg oder ein ehemaliges Kloster handelt. Der nervöse Mann ist nun dazu übergegangen, die Etiketten auf den Flaschen zu betrachten. Offensichtlich soll ihn das davon ablenken, dass er zu warten hat. Dabei ist unbemerkt von ihm eben ein anderer Mann durch die offene Tür getreten und auf den leisen Sohlen seiner Slipper die Stufen heruntergekommen. Auch er wirkt gepflegt, aber in Jeans und schwarzer Lederjacke auch lässig. Beinahe ein wenig zu gepflegt für seine Lässigkeit. Und er ist auch nicht mehr so jung, wie er gerne möchte. Ich würde wetten, dass draußen ein kraftvoller Sportwagen auf ihn wartet. Der Mann wirkt mir einfach zu geleckt. Und das hämische, kalte Grinsen in seinem braungebrannten Gesicht gefällt mir auch nicht besonders. „Seit wann interessieren Sie sich für Wein, Herr Abgeordneter?", meint er spöttisch und setzt sich auf die Kante des Tisches. „Wissen Sie nicht, dass Alkohol eine gefährliche Droge ist?"

Erschrocken fährt der Angesprochene herum – also doch ein Politiker – und starrt ihn an. Er macht ein paar tapsige Schritte in seine Richtung und bleibt dann wieder stehen.

„Ich dachte schon, Sie kommen überhaupt nicht mehr. Was ist passiert? Haben Sie es mit?"

„Gar nichts ist passiert", sagt die Lederjacke und grinst ein wenig breiter. „Ich bin nur pünktlich. – Und ich habe Ihnen natürlich etwas mitgebracht."

Gemächlich fasst er in die Jacke und holt ein kleines Päckchen hervor. Kaum größer als eine Zigarettenpackung, aber mit Papier und Schnur säuberlich verpackt. Als der große Mann danach fassen will, wendet er sich aber schnell ab und steht auf. Es wirkt zufällig und fast wie unabsichtlich. Und ist doch deutlich genug. „Ich soll Ihnen sagen, dass man sehr zufrieden mit Ihnen ist. Darum enthält dieses Päckchen auch mehr Inhalt als das, welches Sie auf dem üblichen Weg erhalten."

„Dann geben Sie es endlich her!", stöhnt der Mann im Anzug.

Aber so, als hätte er ihn nicht gehört, beginnt der Grinsende herumzuwandern und rezitiert dabei umständlich: „Ich soll Sie außerdem beglückwünschen zu der Idee, dass die Kosten für alle größeren Polizeiaktionen in Zukunft zuerst in einer öffentlichen Sitzung des Senats genehmigt werden müssen. Ehrlich gesagt, ich hätte nicht gedacht, dass Sie damit durchkommen. Aber Ihre Überzeugungskraft scheint wirklich beachtlich zu sein. Auch, dass Sie dafür gesorgt haben, dass in die Abteilung für Drogenfahndung die meisten Stümper und Anfänger gesetzt werden und dass die Gehaltsverhandlungen mit den Gewerkschaftsvertretern auf unbestimmte Zeit hinausgeschoben sind, erfüllt meine Auftraggeber durchaus mit Zufriedenheit."

Er weicht geschickt aus, als der Mann versucht, das Paket zu greifen, und tut wieder so, als hätte er nichts bemerkt.

„Sie haben uns bereits sehr geholfen und unsere Arbeit erleichtert. Allerdings gibt es da noch einen unwesentlichen Gefallen, eine Kleinigkeit, bei der Sie uns behilflich sein könnten."

Der Mann antwortet nicht mehr. Mit verkniffenen Lippen starrt er das kleine Päckchen an und kann kaum verstehen, was der Kerl in der Lederjacke von ihm will.

„Ihre Zusammenarbeit bisher war großartig. Wirklich großartig. Sie werden nur noch helfen, ein paar von unseren eigenen Leute in die richtigen Positionen zu bringen, und dann sind Sie alle Ihre kleinen Sorgen los."

Keine Antwort. Nur wortloses, stummes Starren.

„Haben Sie mich verstanden? Nur ein paar Beförderungen, mehr nicht", fragt die Lederjacke freundlich nach.

„Das – das kann ich nicht", versucht er tonlos zu widersprechen.

„Nicht?"

Ein bedauerliches, trauriges Gesicht. Langsam verschwindet die Hand mit dem Päckchen wieder in der Jacke.

„Nein! Nein, bitte, warten Sie. Ich – ich tue alles, was Sie wollen."
Jetzt lässt er den Kopf hängen, der hochgeachtete, bewunderte Abgeordnete. Der gefürchtete Streiter für Recht und Ordnung. Der aufrechte Mahner im Namen des Bürgers. Ein trauriger Anblick.
„Was werden Sie tun?"
„Ich werde alles tun, was Sie verlangen."
„Was werden Sie tun?"
„Ich –" Jetzt beißt er sich auf die Lippen und presst leise hervor: „Ich werde dafür sorgen, dass Ihre Leute befördert werden."
„Na, wer sagt's denn?"
Die Lederjacke wirft das Päckchen achtlos auf den Tisch und der elegante Mann kriecht beinahe über die ganze Länge hin, um es zu packen. Mit zitternden, fahrigen Fingern reißt er an der Verpackung herum und sieht nicht, wie der Mann in der Lederjacke ein kleines Aufnahmegerät ungeniert aus der Brusttasche holt und abschaltet. Viel zu beschäftigt ist er mit den kleinen Briefchen, die aus der Packung auf den Tisch fallen, um zu bemerken, dass der Mann in der Lederjacke mit einem verächtlich angewiderten Gesicht unter der Tür verschwindet. Alles, was der gelenkte Mann jetzt sieht, ist das eine kleine Briefchen, das er zitternd und vorsichtig öffnet, um den weißen Staub gleich vom Papier zu schniefen.

Ich glaube, WIR verschwinden ebenfalls. Was WIR sehen wollten, das haben WIR gesehen.
Nun Alex, wie steht es? Können Sie sich noch daran erinnern, warum WIR diesen kleinen Ausflug gemacht haben? Ich helfe Ihnen ein wenig auf die Sprünge. WIR sprachen zuvor von unserer tragenden Rolle in der Menschheitsgeschichte und von den Problemen, die UNS erwarten würden – die Sie erwarten würden, wenn Sie versuchen sollten, das, was Sie durch unsere Zusammenarbeit erfahren konnten, auch anderen Menschen mitzuteilen. Manche dieser „anderen Menschen" wären sicherlich sehr interessiert. Zumal es mir auch nicht sonderlich schwerfallen sollte, den Na-

men des Herrn Abgeordneten herauszubekommen, den Ort des Treffens und den Aufbewahrungsort des Tonbands. Aber glauben Sie wirklich, es würde einen guten Eindruck vor Gericht machen, wenn Sie – unter Eid gestellt – aussagen würden, dass „Sie und das Buch, als eigene Wesenheit ohne physische Manifestation unter der Decke schwebend, den ganzen Handel beobachtet haben"? Ich bin mir nicht so sicher, wie das Gericht diese Aussage aufnehmen würde. Allerdings befürchte ich, wie ich die Menschen so kenne, dass man das auf eine für Sie sehr unangenehme Art und Weise tun würde.

Also, um Ihrer eigenen Gesundheit willen, lassen Sie sich nicht dazu hinreißen, anderen Leuten diese Dinge zu erzählen. Nur eine Möglichkeit bleibt Ihnen, vielleicht. Sie könnten mich an die Personen verleihen, die diese Informationen benötigen. Vielleicht kann ich diese Leute dann dazu bringen, mir und Ihnen Glauben zu schenken. Aber Achtung! Sie wissen doch, verliehenes Geld bekommt man leichter zurück als verliehene Bücher!

Nun sind im eigentlichen Kern diese ganzen Seiten zuvor zwar nicht sinnlos, aber doch nutzlos. Denn WIR werden sehr bald unsere kleinen Exkursionen einstellen zum Zwecke einer einzigen, großen. Und Sinn dieser eigentlichen Reise, die WIR unternehmen werden, ist es, nicht etwas nur zu beobachten, nein, WIR werden tatsächlich etwas unternehmen. Allerdings etwas, das Ihnen vielleicht irgendwann mal Probleme bereitet, sollten Sie darüber reden.

Zerbrechen Sie sich jetzt nicht den Kopf darüber, wie das alles gemeint sein könnte, Sie werden es noch früh genug erfahren.

So haben Sie doch ein wenig Vertrauen zu mir!

Sollten Sie mir so viel Böswilligkeit zutrauen, dass ich vielleicht gedenke, Sie absichtlich in große Schwierigkeiten zu bringen, dann muss ich Sie enttäuschen. In Schwierigkeiten, in öffentliche Schwierigkeiten, bringe ich Sie auf keinen Fall. Denn genauso wenig, wie Sie beweisen können, in dem Keller gewesen zu sein, so wenig kann es Ihnen jemand anders beweisen. Vor irgendwelchen anderen Menschen brauchen Sie also keine Angst zu haben.

Aber vielleicht haben Sie selbst Bedenken. Moralischer Art. Vielleicht schon jetzt, vielleicht zu einem späteren Zeitpunkt unserer Geschichte. Dann denken Sie daran, was ich Ihnen ganz am Anfang gesagt habe: Ich bin nichts – ein Nichts – ohne Sie. Wenn Sie mich zuklappen und sich weigern weiterzulesen, dann wird nichts von all dem eintreten, was ich plane und vorhersage.

Dies, und nur dies allein ist Ihre Möglichkeit, tätlich in die Geschichte einzugreifen. Es ist ein rigoroser Eingriff, ein gewalttätiger, aber es ist Ihre einzige Möglichkeit, vielleicht Dinge zu verhindern, die kein anderer Mensch verhindern kann. Denn ich, als Bewusstsein dieser Geschichte, besitze weitgehende Kontrolle über alle Details, nur über eines nicht – über mein Gewissen.

Über Sie, Alex!

Kommt Ihnen jetzt alles ein wenig phantastisch, pathetisch und hochtrabend vor, nicht wahr? Aber es ist nun einmal eine der wichtigsten Passagen des ganzen Buches. Denn hier begegnen wir zum ersten Mal der Wirklichkeit des „tätlichen Lesens".

Und lassen Sie sich nur nicht einlullen von dem Gedanken, das alles sei nur eine erfundene Geschichte.

Seien Sie misstrauisch, Alex!

Gegen mich, gegen sich selbst, gegen das, was Sie von der Welt zu wissen glauben.

Sie haben keine Möglichkeit zu überprüfen, ob unsere Geschichte wirklich nur eine Geschichte ist oder nicht doch die Wirklichkeit. Vielleicht gerade die Wirklichkeit, nur aus einem anderen Blickwinkel.

Seien Sie misstrauisch, Alex! Und bedenken Sie – sollte es sich, wider aller volkstümlich kleingläubigen Vernunft, doch um Realität handeln, warum auch immer, dann tragen Sie die Verantwortung für die Dinge, die hier geschehen und geschehen werden, weil WIR sie in Gang setzen und fortführen. Sie und nur Sie allein, denn Sie sind der einzige Faktor, den ich nicht kontrollieren kann und der somit imstande ist, drohendes Unheil abzuwenden.

Wenn Sie es denn überhaupt abwenden wollen!

Denn vielleicht, ja vielleicht ist das Ganze gar nicht so schlimm, was mein Schreiberling da vorhat, vielleicht ist Ihnen sogar langweilig bei der Geschichte. Vielleicht finden Sie es auch spaßig und gar nichts Schreckliches oder Absonderliches an dem, was geschieht und geschehen wird. Vielleicht sind Sie der Meinung, dass so etwas sowieso jeden Tag Dutzende Male geschieht, warum sollte man sich darüber überhaupt noch groß aufregen? Gehört doch praktisch schon zum Alltag. Und außerdem sind die Leute selbst schuld.
Sie können auch einen ganzen Teil von mir überspringen. Das macht die Handlung zwar nicht ungeschehen, aber Sie können dann sagen, Sie würden nicht so genau wissen, was eigentlich vorgefallen ist. Von Ihrer Verantwortung, liebes Gewissen, entbindet Sie das aber nicht. Zumal Sie sich denken konnten, wie das weitergehen würde.

Ich kann Sie zwar noch immer nicht hören, aber ich wette, Sie fragen sich jetzt angestrengt, wovon, zum Teufel, ich denn eigentlich rede. Ich möchte fast wetten.
Wäre auch ganz schnell erklärt, aber ich lasse Sie nun mal gerne raten. Denn nur wenn Sie raten und selbst dahinterkommen, dann verstehen Sie es wirklich und so vollkommen, wie ich es Ihnen niemals erklären könnte.
Aber beeilen wir uns, denn um Sie raten zu lassen, sehen WIR jetzt noch schnell nach Frankreich. In ein Haus in einem kleinen, angenehmen Vorort. Marseille vielleicht. Marseille besteht ja nur aus 111 Orten. Oder irgendwo Übersee.

Na, da kommen WIR ja gerade noch rechtzeitig. Bin ich froh, dass WIR unseren Körper nicht mit dabeihaben, denn die guten Leute sind gerade beim Essen und der würde nur wieder Hunger bekommen.

Das Haus ist nicht besonders groß, aber gemütlich. Der Hausherr, ein bierbäuchiger Kerl mit schütterem Haar, sitzt am Kopfende des Tisches und stopft sich eben ein riesiges Salatblatt in den Mund. Ihm gegenüber sitzt ein junges Mädchen, kaum älter als fünfzehn oder sechzehn, und kaut ohne rechte Freude an einem Bröckelchen herum. Ein junger drahtiger Mann sitzt noch mit am Tisch. Der einzige Blonde und offensichtlich ein Gast. Da kommt auch die Hausfrau aus der Küche und bringt Nachschub. Sie wirkt um einiges jünger als ihr Mann, vielleicht so um die dreißig. Ihren permanenten Kampf um eine schlanke Figur hat sie wohl in letzter Zeit öfter verloren, denn eigentlich wirkt sie etwas zu weich rundherum. Viel zu weich und nachgiebig, und doch scheint dieser Körper geradezu geschaffen für das blasse Gesicht mit den leuchtend roten Lippen. Ihren Mann stört das nicht. Er hat sich schon lange daran gewöhnt, wie sie sich schminkt. Und ihre Tochter hat sich ebenfalls damit abgefunden, dass ihre Mutter so gar keinen Geschmack hat und einfach nur peinlich ist. So wie ihr Vater. Damit ist der junge Bursche der Einzige, der immer wieder, ob er es will oder nicht, zu diesen gefährlich roten Lippen hinsehen muss. Und immer rutscht sein Blick tiefer, magisch dorthin, wo die drei kleinen Knöpfe ihre Bluse gerade noch zusammenhalten. Wenigstens setzt sie sich jetzt, dann ist er nicht mehr gezwungen, auch noch auf ihren prallen Minirock und die festen Schenkel darunter zu starren. Er ist nur wenig älter als das Mädchen. Vielleicht ein Jahr oder so. Und seine Hormone sind in einem ordentlichen Durcheinander.

„Nun kommen Sie, Jerome", sagt Madame jetzt und lächelt ihn geradeheraus an. „Greifen Sie zu, sonst müssen mein Alter und ich wieder alles allein aufessen. Und so werde ich nie schlank wie ein Model."

Ihr Mann brummt etwas Unverständliches vor sich hin und der Junge sucht nach einer halbwegs männlichen Bemerkung, die er fallen lassen könnte, aber sein Gehirn scheint wie gelähmt angesichts dieser Masse an Weiblichkeit. Also senkt er verlegen den Kopf und starrt auf seinem Teller. Die Tochter schiebt den ihren jetzt von sich und steht auf.

„Ich schaue noch bei Mark vorbei, Maman."

„Aber komm nicht zu spät nach Hause. Du hast eine Prüfung!"

Sie brummt nur etwas vor sich hin wie zuvor ihr Vater und ist schon aus dem Zimmer.

„Mark? Welcher Mark?", fragt ihr Vater mampfend und überrascht.

„Der Sohn von den Lelarcs. Er geht mit Jerome in eine Klasse. Stimmt doch?"

Der Junge beeilt sich stumm zu nicken.

„Und was macht Marie bei ihm?", will der Vater noch immer verständnislos wissen.

Sie verdreht die Augen, lacht über den Tisch und blinzelt dem Jungen wissend zu, dass der kaum weiß, wohin er sehen soll.

„Ach Papa, du solltest dich allmählich mit dem Gedanken abfinden, dass deine Tochter erwachsen wird. Ich möchte wetten, auch unser lieber Jerome hat schon so einigen Mädchen den Kopf verdreht."

Wieder lacht sie ihn an und seine Wangen bekommen beinahe die Farbe ihrer Lippen, aber der Vater bemerkt von all dem nichts. Er schiebt nur missmutig den Teller von sich.

„Der werd ich was erzählen, wenn die nach Hause kommt. Jetzt schon einen Freund zu haben! In dem Alter gehört man in die Schule!", braust er auf. „Und dem Vater von diesem Mark werde ich auch was erzählen. Der soll mir mal auf seinen Bengel besser achtgeben, sonst …"

„Nichts wirst du", unterbricht sie ihn ruhig und beginnt den Tisch abzuräumen.

„Ach, und warum nicht?", will er brummig wissen.

„Weil ich gerade mal ein Jahr älter war, als wir beide uns kennen gelernt haben.“

Er starrt sie an, klappt dann geräuschvoll den Mund wieder zu, quält sich ächzend aus seinem Sessel und verschwindet ohne ein weiteres Wort in der Küche. Während sie den Jungen ihr gegenüber treuherzig anblickt und mit den Schultern zuckt, hören sie, wie der Kühlschrank wieder zuschnappt und eine Bierflasche geöffnet wird.

„Jetzt setzt er sich vor den Fernseher und die nächsten zwei Stunden kann ihn kein Erdbeben von dort wegbringen“, meint sie säuerlich. „Vielleicht sollte ich Marie doch sagen, sie soll nicht jetzt schon heiraten. Für den Fehler hat sie später noch Zeit genug.“

„Sie – Sie waren siebzehn, als Sie Ihren Mann kennen gelernt haben?“, fragt der Junge verwundert.

„Ja“, sagt sie und stellt die Teller zusammen. „Ich war so alt wie Sie, Jerome. Aber ich kann Ihnen sagen“, fügt sie noch verschwörerisch hinzu und lehnt sich über den Tisch, „wir haben gevögelt, dass mein Bett zusammengebrochen ist.“

Während er krampfhaft schluckend versucht, das Blut von seinen Wangen und aus dem Schritt fernzuhalten und nicht allzu offensichtlich auf die präsentierten festen Brüste zu starren, legt sie ihm die Hand zart auf den Arm und meint: „Nun kommen Sie schon, Sie junger Kavalier, und helfen wenigstens Sie mir.“

Gemeinsam räumen sie den Tisch ab und tragen das Geschirr in die Küche.

„Was meinen Sie, Jerome, wird Marie morgen die Prüfung schaffen?“

„Mit ziemlicher Sicherheit“, wirft der sich in die Brust. „Wir haben ja lange genug gebüffelt. Vielleicht schafft sie die Prüfung nicht mit einer Auszeichnung, aber durchfallen kann sie praktisch nicht.“

„Seien Sie so gut, Jerome, und machen Sie mir die Lade unten auf“, verlangt sie, und er geht in die Hocke, um die große Lade, ganz unten, aus dem Schrank zu ziehen. Dabei kann er gar nicht anders, als direkt auf die festen, samtigen Schenkel zu starren, die sich da aus dem engen Rock ihm entgegendrängen. Sie geht ebenfalls in die Hocke, dicht bei ihm, stellt einen Topf in die Lade und meint: „Wissen Sie, ich habe mich oft gefragt, ob ihr beiden dort oben in dem Zimmer wirklich für die Prüfung lernt oder vielleicht – etwas anderes macht."

„Aber Madame!", ruft er überrascht aus. Überraschter, als er eigentlich ist, denn ihm ist der Gedanke gar nicht so fremd, nur Marie ist verknallt in ihren Mark und hatte nichts davon wissen wollen. „Glauben Sie vielleicht …"

„Gefällt Ihnen Marie denn nicht?", fällt sie ihm ins Wort und er beginnt an seiner Unterlippe zu nagen, bevor er antwortet.

„Marie ist ein sehr nettes Mädchen, aber – aber sie ist doch noch ein Kind", murmelt er nicht besonders überzeugend. Bei Babette und Yvonne, seinen letzten Freundinnen und Klassenkameradinnen von Marie, hatte ihn ihr Alter nicht gestört, nur das konnte er vor ihr doch nicht zugeben.

„Jetzt werden Sie doch nicht rot, Jerome", lacht sie leise und tief. „Manche Männer lieben eben zarte kleine Rehlein, und andere lieben es, in die Vollen zu fassen. Sie brauchen sich doch nicht zu schämen, wenn Rehlein sie eher kaltlassen."

Er hampelt unruhig herum und macht einen Versuch, wieder aufzustehen. Aber sie legt ihm die Hand auf den Arm. Ganz vorsichtig, ganz leicht. Doch für ihn ist es wie glühendes Eisen.

„Na was ist, Sie junger Herzensbrecher?", meint sie leise. „Sag mir, was dir lieber ist, ein knackiges Küken oder große geile Titten."

Er schluckt nur schwer. Das Kratzen der Strümpfe, wenn sich ihre Schenkel aneinanderreiben, dröhnt in seinen Ohren, und seine Augen hetzen zwischen den dargebotenen Gebirgen herum und stürzen in dunkle Abgründe. Sie nimmt die Hand wieder von seinem Arm, öffnet zwei Knöpfe ihrer Bluse, fasst nach seiner Hand und schiebt sie zwischen ihre großen warmen Brüste.

„Möchtest du mir vielleicht sagen, dass du mehr auf so etwas stehst? Ich bin ja nicht blind."

Ihm entkommt nur ein leises Stöhnen, aber sie fühlt sich dadurch veranlasst, ihre Hand wieder auf seinen Arm zu legen, hinuntergleiten zu lassen auf seinen Schenkel und weiter in seinen Schritt. „Oh!", meint sie zufrieden lächelnd. „Tut das nicht weh? Das ist doch viel zu eng."

Mit ihrer Hand drängt sie ihn aufzustehen. Schnell hat sie seine Hose offen und lächelt an, was ihr da entgegenschnellt.

Na ja, der Junge ist ganz gut gebaut. Nur ein paar krause Härchen und noch so unverbraucht. Unter den vorsichtigen Erkundigungen ihrer Finger wird sein Glied größer und härter. Sie streicht nach oben über seinen Bauch, hinunter auf seine Hüften, der Mitte entgegen und dann den ganzen Schaft hinauf bis an die Spitze. Noch einmal streichelt sie ihn und freut sich an seinem verhaltenen Zusammenzucken. Wieder fasst sie nach unten, streckt sich, hebt ihre Brüste hoch und bettet seinen Schwanz dazwischen. Langsam und bedächtig massiert sie den heißen Stab mit ihren Brüsten, und der Junge wirft den Kopf zurück, tastet mit einer Hand nach Halt und beißt sich auf die Lippen, damit ihm kein verräterisches Geräusch entkommt.

Nun, Alex, wie gefällt es Ihnen hier? Wollen WIR noch ein wenig bleiben?

Sie hat ihn jetzt losgelassen, streckt die Zunge weit hinaus und schlägt damit gegen seine Spitze.

Wenn Sie wollen, dann können WIR auch jederzeit gehen. Machen WIR uns einfach aus dem Staub. Mir ist es egal. Oder wollen Sie doch noch etwas bleiben? Sie sollten sich allmählich entscheiden. WIR könnten aber natürlich auch noch etwas bleiben und ich erzähle Ihnen, was sich der Kerl zwei Zimmer weiter im Fernseher ansieht. Wäre doch ein goldener Mittelweg. Meinen Sie nicht auch?

Also jetzt gerade zeigt sie ihm, dass sie unter dem Minirock halterlose Strümpfe trägt, und nur ein winziges Bändchen dazwischen. Sie dreht sich um, setzt sich auf die Kante und …

... WIR verlassen jetzt dieses traute Heim, um den Hausherrn nicht weiter beim Genuss der Sportnachrichten zu belauschen. Bin ich nicht human?
Okay, ist schon gut, Alex. Warum so missmutig?
Sie wollen jetzt natürlich wissen, wozu diese pornographische Einlage gut war. Das hat mehrere Gründe. Der unwichtigste davon ist, dass unser „hochgeschätzter" Autor heute eigentlich sowieso nur noch an anderes denkt als ans Schreiben. Also schreibt er darüber.
Ein anderer Grund für dieses Zwischenspiel war der, Ihnen etwas zum Nachdenken zu geben. WIR haben mit dieser Geschichte nämlich die Tür zu einer weiteren Dimension unserer Zusammenarbeit geöffnet. Die Technik selbst beruht ja auf denselben Prinzipien wie bei der Geschichte im Keller. Nur war dort die Beobachtung durch eine strafbare Handlung in gewissem Sinne gerechtfertigt. Diesmal haben WIR uns für etwas interessiert, was uns eigentlich gar nicht interessieren dürfte. Von wegen Privatsphäre und so weiter. Denn Sie dürfen niemals vergessen, dass das, was wir da so heimlich beobachten, ja nicht irgendeine Fiktion ist, sondern tatsächlich und Realität.
Es stellt sich hier und jetzt also die Frage, warum uns das eigentlich interessiert, wo es uns doch, wie gesagt, nicht interessieren dürfte. Die Antwort liegt bei dem kleinen Wörtchen „dürfte". Nicht „darf" und auch nicht einfach „Es interessiert nicht". Es DÜRFTE nicht interessieren – und tut es doch. Wie kommt das?

Vor einiger Zeit kam es zu einer Begegnung, die ich Ihnen nicht vorenthalten möchte.
Also machen WIR UNS wieder auf die Reise. Nach Wien, wo mein Autor damals lebte – und zurück in der Zeit.

„Ich liebe Restaurants, die einen Menüvorschlag in der Speisekarte führen", murmelte er. „Ich selbst kann mich wohl nie entscheiden, was ich eigentlich will."

Sie sah von der in Leder gebundenen Karte auf, keck über den Rand ihrer schwarz gerahmten Brille hinweg, und stichelte: „Dass du dich niemals entscheiden kannst, ist mir ja nichts Neues, aber ich wusste gar nicht, dass du auf Leberknödelsuppe und auf Hamburger mit Pommes scharf bist."

„Warum nicht? Alles zu seiner Zeit, liebste Barbara."

Er griff nach dem schlanken Glas und hob es hoch. Einen Augenblick lang sah er sie an, direkt in diese unbestimmbar graugrünblauen Augen, dann meinte er fast feierlich: „Zuerst aber trinke ich auf das Schicksal, das es mir erlaubt, heute Abend mit dir dinieren zu dürfen."

Sie stießen an und tranken in kleinen Schlucken. Anerkennend hob er sein Glas in das Licht der kleinen Kerze am Tisch.

„Ich muss gestehen, dass ich mir eigentlich nie sehr viel aus Portwein gemacht habe. Ich ziehe Sherry vor. Aber in deiner Gegenwart – ich muss schon sagen!"

„Du hast mir immer noch nicht erzählt, weswegen du heute mit mir essen wolltest", lächelte sie und widmete sich wieder der Speisenkarte.

„Du bist eine Frau, Barbara. Sehr viel Frau sogar. Ganz sicher genug Frau, um zu wissen, dass ich alles tun würde, um dich zu verführen."

Für einen Augenblick hielt sie inne, klappte dann die Karte zu und legte sie an den Rand des Tisches. Energisch fassten ihre kleinen, zierlichen Hände nach der Zigarettenpackung und zerrten eine heraus. Er gab ihr Feuer. Wieder sah sie ihn an, ein wenig misstrauisch, schüttelte die blonden, fast schulterlangen Locken zurück und verzog den Mund mit den schmalen Lippen zu einem zynischen Lächeln.

„Das Ende unserer Beziehung, wenn es so etwas überhaupt gegeben hat, und der Abzug der römischen Legionen hier dürften

zeitlich wohl zusammenfallen, so lange ist das her. Ich kenne dich
also lange und gut genug, um zu wissen, dass du dich nicht wehren würdest, wenn ich dich in mein Bett schubse", meinte sie.
„Aber ich kenne dich auch gut genug, um zu wissen, dass es nicht
das ist, was du heute willst. Nicht das, was du eigentlich willst."
Sie inhalierte tief und vollführte mit der anderen Hand eine weg-
wischende Bewegung.
„Widersprich mir jetzt nicht", kam sie ihm zuvor. „Natürlich willst
du es, natürlich beabsichtigst du es. Wo Wild ist, da ist auch ein Jäger.
Aber ich bin mir sicher, dass es nicht der vordringliche Grund für
diesen Abend ist."
Jetzt legte auch er seine Karte zurück, griff nach dem schlanken
Glas und lächelte sie an mit diesem Lächeln, das sie früher verrückt gemacht hatte in seiner spöttischen Bewunderung, in seiner
väterlichen Gönnerhaftigkeit.
„Nun", begann er langsam, „hätte ich es nicht schon gewusst,
dann wäre mir zumindest jetzt bewusst geworden, dass aus dir
eine ausgezeichnete Psychologin geworden ist. Ziehe ich das allerdings in Betracht, dann erschreckt es mich doch ein wenig, dass
du offensichtlich noch nie daran gedacht hast, dass mein – so
vordergründig dargestelltes – biologisches Interesse dir gegenüber
vielleicht auch auf etwas anderem begründet sein könnte als auf
dem reinen Jagd- und Sammeltrieb."
Sie seufzte, schloss die Augen und lehnte den Kopf gegen die hohe
gepolsterte Rückwand.
„Hoher, edler Herr der Wortedrechsler –", sie schlug die Augen
auf, „würde es dir etwas ausmachen, nicht so beschissen ver-
schnörkelt daherzureden?"
Vor seiner Antwort rettete sie fürs Erste der junge Ober. Also
bestellten sie und begannen, kaum war er endlich gegangen, sich
wieder über alltägliche Kleinigkeiten zu unterhalten. Dieser Raum
des Lokals war angenehm klein und von so dichter Atmosphäre,
dass die wenigen Menschen an den anderen Tischen geradewegs
unsichtbar wurden.

Sie verschwand kurz „für kleine Mädchen" und er hatte Zeit, sich ein wenig umzusehen. An der halbhohen, dunklen Holzvertäfelung waren kleine Wappen angebracht, gepflegtes Grün wucherte über die hohen Abtrennungen zwischen den einzelnen Tischen, und in der Mitte des Raumes protzte eine Anrichte, um durch ihr verspiegeltes Oberteil sein Bild zurückzuwerfen.

Sie ließ ihren zierlichen Körper schwer auf die Bank fallen, aber er fühlte kaum eine Erschütterung.

„Sag mal", begann sie sofort, „das am Nebentisch, das ist doch der – dieser – na, Werbung macht er jetzt auch – mir fällt der Name nicht ein."

„Ich weiß, dass er am Nebentisch sitzt. Und ich bin froh darüber."

„Neben ihm sitzen zu dürfen?", fragte sie schelmisch.

„Froh darüber, dass er da ist", erwiderte er passend zum Lokal und kühl wie ein englischer Lord. „Weil etwaig eindringende Autogrammjäger sich eher auf ihn stürzen würden als auf mich."

„Hast du eigentlich schon jemals ein Autogramm gegeben?"

„Noch nie", grinste er, „und es sieht so aus, als würde sich daran auch noch lange nichts ändern."

„Noch immer kein Verlag gut genug für dich?"

„Ich würde eher sagen, meine Manuskripte sind nicht gut genug für die Verlage, an die ich sie schicke", lachte er. „Aber ich werde trotzdem nicht aufhören. Auch wenn das bedeutet, dass ich in absehbarer Zeit wieder mal einer ordentlichen Arbeit nachgehen muss – allein der Gedanke daran erschreckt mich zutiefst."

„Es gibt Menschen, die vor gewissen Dingen eine Art krankhafter Angst haben. Lineale zum Beispiel, Geschirrtücher, nasse Fetzen, Hausschuhe und dergleichen. Das kommt daher, dass sie als kleine Kinder mal mit solchen Gegenständen geschlagen wurden. Manchmal möchte ich meinen, dich hat mal jemand mit ‚Arbeit' geschlagen, als du noch ein kleines Kind warst."

„Wäre ein interessanter Versuch, das zu rekonstruieren. Auf welchen Körperteil schlägt man mit ‚Arbeit', wenn man damit zuschlagen will?"

„Oder gibt es vielleicht Probleme mit Körperteilen?", wollte sie kokett wissen.

Er hob die Augenbrauen, sah sie durchdringend an.

„Entschuldigung", unterbrach der junge Ober, „es tut mir außerordentlich leid, aber die Ochsenschwanzsuppe ist leider aus."

Das Mädchen wandte sich ab und versuchte nicht allzu laut loszuprusten, während er den Mann in der weißen Jacke für einen Augenblick sprachlos ansah.

„Dann nehme ich die Spargelcremesuppe."

„Also wie war das?", versuchte sie ihn zu ärgern, kaum dass der Ober verschwunden war.

„Nu, bin ich a Ochs?", rechtfertigte er sich schulterzuckend.

„Ist dir eigentlich noch nie die Idee gekommen, dass du ein wenig fixiert sein könntest?"

„Wenn man einer Frau wie dir gegenübersitzt, dann muss man schon verdammt fixiert sein, um NICHT daran zu denken", konterte er schnell.

Der Ober brachte die Suppe, der Sommelier brachte den Wein und der Geschäftsführer erkundigte sich, ob auch alles zur Zufriedenheit war.

Einige Augenblicke widmeten sie sich nur ihren Tassen, aber schon sehr bald nahm er das Gespräch wieder auf.

„Weil wir vorhin von meiner Schreiberei gesprochen haben – ist es eigentlich möglich, dass Menschen auch zu einer Tätigkeit eine Art von Abhängigkeitsverhältnis entwickeln?"

Sie schüttelte den Kopf, tupfte sich mit der Serviette die blassen Lippen ab und nahm einen Schluck Wein.

„Eher umgekehrt. Bei einer Abhängigkeit entwickeln manche Menschen einen Zwang zu einer bestimmten Tätigkeit. Bei der zwanghaften Ausübung einer Tätigkeit würde ich eher von einer fixen Idee sprechen als von einer Abhängigkeit. Obwohl auch hier sicherlich zu beobachten wäre, dass sich der Patient, eben durch die Ausübung der Handlung, besser fühlt. Erleichtert, zumindest kurzfristig. Aber von Abhängigkeit würde ich eigentlich nur dann sprechen, wenn es sich um konsumierbare Dinge handelt. Drogen zum Beispiel, Nahrungsmittel, Personen natürlich, aber auch bestimmte Umgebungen."

„Du hast eben von der Abhängigkeit zu einer Person gesprochen, ist das eigentlich etwas, das jedem Menschen passieren kann?"

„Mehr oder weniger ja, wenn man mal beiseite lässt, dass die Abhängigkeit von einer Person eigentlich eher mit der Abhängigkeit von körpereigenen Drogen zu tun hat. Es kann aber so viele Gründe für eine Abhängigkeit geben, dass praktisch jeder Mensch davon betroffen sein kann und wahrscheinlich auch ist. Klassisch wäre da der Mann, der eine besonders starke Bindung zu seiner Mutter hatte und dann auf eine Frau trifft, die seiner Mutter ähnlich ist. Aber auch die Frau, die gerne beherrscht und dann auf einen Mann trifft, der gleich konditioniert ist. Zwischen den beiden wird ein ewiger Kampf entstehen, weil immer einer versucht, den anderen zu unterdrücken, und beide doch nicht voneinander lassen können, bis einer den vollkommenen Sieg errungen hat. Was natürlich nie der Fall sein wird. Das ist zum Beispiel ein Grund für den Großteil der Eifersucht bei Männern. Den meisten ist es eigentlich egal, was ihre Frau macht. Ob sie jetzt mit einem anderen Mann nur spricht oder mit ihm ins Bett geht, sie würden alles tolerieren, solange sie sicher sind, nicht die Herrschaft über sie zu verlieren. Oder, umgekehrt, nicht das Geringste tolerieren, wenn sie sich ihrer Herrschaft nicht sicher sind."

„Du sprichst von Männern. Gibt es da Unterschiede zu Frauen?"

„Bei Frauen ist es natürlich ganz genau gleich. Nur kommt bei denen noch erschwerend dazu, dass sie durch ihre Erziehung in ein viel verrückteres Rollenbild gezwängt wurden. Und die Erziehung, ganz allgemein, ist auch heute noch immer eine, ja eine Altlast, die der Mensch wie einen Mühlstein um den Hals mit sich herumschleppt. Du weißt schon, Alice Miller und so."

„Man braucht heute schon für alles eine Bewilligung, nur zum Aufziehen von Menschen nicht", zitierte er.

Sie tranken beide einen Schluck und beobachteten, wie der junge Ober auf ihren Tisch zukam.

„Der Tafelspitz mit Röstkartoffeln, Schnittlauchsauce und Apfelkren für die Dame", sagte er und stellte die Teller vor die junge Frau hin. „Und die mit Lebermus gefüllten Kalbsmedaillons mit grünem Spargel und Wildreis für den Herrn."

Mit leuchtenden Augen betrachtete sie zuerst den Teller vor sich und sah dann zu ihm auf.

„Weißt du, wann ich zum letzten Mal Tafelspitz gegessen habe?"

„So wie du mich anstrahlst, muss es schon ein paar Jahre her sein."

Genüsslich machten sie sich über ihre Portionen her. Zwischen zwei Bissen meinte sie dann doch: „Meinst du nicht auch, es wäre endlich an der Zeit, mir zu verraten, was du im Schilde führst?"

„Ich habe die Absicht, es mir schmecken zu lassen", blieb seine kurze Antwort und für einige Zeit das letzte gesprochene Wort an ihrem Tisch. Dafür redete der prominente ältere Herr am anderen Tisch jetzt umso mehr und eindringlicher. Dort war man schon beim Dessert angelangt, er erzählte ohne Unterlass bedeutende Begebenheiten aus seinem schillernden Leben und die junge Dame in seiner Begleitung sah bereits ehrfürchtig bewundernd zu ihm auf.

„Die Trennung zwischen einer fixen Idee und einer Abhängigkeit könnte man also auch mit der Frage ziehen, ob es sich um eine Person handelt oder nicht."

Für einen Augenblick sah sie verwundert auf, dann nickte sie vorsichtig.

„Aber Voyeurismus bezieht sich doch auch auf eine Person. Oder?", fuhr er wie nebensächlich fort.

„Voyeurismus?", fragte sie jetzt doch ein wenig verwundert. Ihre Gespräche über die menschliche Psyche wurden zwar von ihnen beiden geliebt und waren oft und ausführlich betrieben worden, und allmählich meinte sie zu ahnen, worauf er hinauswollte.

„Nun", begann sie sich kauend heranzutasten, „Voyeurismus ist etwas, das nicht unbedingt auf eine bestimmte Person fixiert ist.

Einem Spanner ist es völlig egal, welchem kleinen Mädchen er beim Pinkeln zusehen kann. Voyeurismus hängt sich eher am Typus als an der Person auf. Kannst du mir sagen, wohin ich den Apfelkren geben soll?"

Sie hatte so völlig übergangslos das Thema gewechselt, dass er für einen Augenblick überrascht aufsah.

„Wie wäre es mit dem Tellerrand?", schlug er vor. „Symmetrisch gegenüber der Sauce?"

Sie nickte nachdenklich und begann mit dem für ihre zierlichen Hände viel zu großen Vorlegelöffel zu kämpfen. Eine Weile sah er zu, dann fasste er kurz entschlossen nach der Tasse.

„Entschuldige, aber wenn du so an dem großen Stiel herumfingerst, dann kann ich mich nicht konzentrieren."

Völlig überrascht ließ sie los und zu, dass er ihr einen Klecks von dem Apfelkren auf den Teller platzierte.

„Ist es das, was dich an mir reizt?"

„Was – das?"

„Sag es."

Er grinste breit.

„Du willst wissen, ob es gerade deine Zartheit ist, was mich an dir so reizt? Die Zerbrechlichkeit, die Elfenhaftigkeit deines Körpers? Fein, zart, schimmernd und unwirklich wie ein Mondstrahl und doch ganz und gar Frau. Könnte schon möglich sein." Nachdenklich betrachtete er, was er von ihr sehen konnte, und meinte dann leise: „Ich hatte Angst, dir weh zu tun, dich zu verletzen."

„Ich kann dich beruhigen, ich kann so einiges aushalten."

„Gerade noch ausgehalten?", wollte er hinterhältig grinsend wissen.

Sie zog diese leuchtenden hellen Augen ein wenig enger, senkte den Kopf einen Hauch und lächelte abgrundtief. Ganz Femme fatale hauchte sie: „Ich habe ja schon einiges ausgehalten – und ich habe es, wie du weißt, ganz fürchterlich genossen!"

Er lächelte ganz leicht und legte seine nervige Hand auf ihre.

„Genau das ist es, weswegen ich dich so mag. Niemand ist schöner als eine Frau, die mit beiden weiblichen Beinen fest in ihrem

Leben als Frau steht und dabei nicht gerade unglücklich darüber ist, eine Frau sein zu dürfen."

Er zog die Hand zurück und widmete sich wieder ganz seinem Teller, als wäre nichts gewesen. Sie aber benötigte noch ein paar Sekunden, bis sie ihren verwunderten Blick von ihm abwenden konnte. Für einen Augenblick war das alte Gefühl wieder da gewesen. Alles hätte wieder so sein können wie früher, vielleicht, wenn er sich darum bemüht hätte. Das Feuer in seinen Augen hatte sie wieder eingehüllt, und vielleicht wäre sie wieder bereit gewesen, ihm zu folgen. Aber es schien, als hätte er sich besser mit ihrem Wunsch nach Freiheit abgefunden, als sie selbst es tat.

Wenig später kam sie ganz von selbst zu seinem Thema zurück: „Voyeurismus kann man eigentlich unter zwei Gesichtspunkten sehen. Unter dem freudschen und dem adlerschen. Nach Freud wäre es die rein sexuelle Bedürfnisbefriedigung, gepaart mit Gefühlen der Minderwertigkeit. Oder ausgelöst durch ein Schlüsselerlebnis in der Kindheit. – Vielleicht im wahrsten Sinne des Wortes ein Schlüssel-Loch-Erlebnis."

Sie lachte leise auf.

„Ganz sicher spielt für mich aber auch Adler mit herein. Vor allem dann, wenn es sich bei der beobachteten Person um eine gleichgeschlechtliche handelt. Also, wenn ein Mann einen Mann beobachtet, obwohl er sich sonst in keiner Weise zu Männern hingezogen fühlt. Bei Adler geht es mehr um das Ausleben eines Machtprinzips. Wenn ich jemanden beobachte, dann kann ich mich ihm überlegen fühlen. Des Weiteren besitze ich aber wirklich und tatsächlich Macht über diese Person, wenn ihr diese Beobachtung bewusst wird, sie sich aber nicht entziehen kann. Dir wird der amerikanische Begriff vom Stalking sicherlich was sagen. Es gibt bei uns inzwischen sogar ein Stalking-Gesetz, denn offensichtlich gibt es keine deutsche Übersetzung für diesen Begriff. Diese als bedrohlich empfundene Belästigung beruht aber nicht unbedingt darauf, dass der Verfolger oder die Verfolgerin tatsächlich Kontakt zu dem Opfer sucht. Es genügt die Anwesenheit. Allein zu wissen, wo immer du auch hinkommst, er ist da, wartet auf dich und beobachtet dich. Das allein kann einen schon ziemlich mürbe machen."

Sie platzierte Messer und Gabel auf den leer geräumten Teller, tupfte sich die schmalen Lippen ab und sah ihn gerade eraus an.

„Abhängigkeit und Voyeurismus. Das war es also, was du von mir wissen wolltest. Darüber hätten wir uns aber auch bei einem Kaffee unterhalten können. Außerdem kennst du diese Definitionen ganz genau. Und du weißt auch, dass das, was ich dir jetzt gesagt habe, nur ein grobes Streifen war, aber niemals eine klare Definition. Also, warum wolltest du das alles wissen? Komm, red schon!"

Auch er legte sein Esswerkzeug zur Seite und schob den Teller von sich. Grinsend meinte er: „Zu einer guten Psychotherapeutin gehört auch, dass sie weiß, wann sie verladen wird. Du bist sehr bald dahintergekommen. Willst du wirklich die Hintergründe wissen?"

„Würde ich sonst fragen?"

„Gut. Zur Abhängigkeit, aktuell. In dieser Stadt wurde vor einiger Zeit wieder einmal ein kleines Mädchen vergewaltigt und ermordet. Die Polizei sucht nach Personen, die einen Mann und das Mädchen gesehen haben. Allerdings vergebens. Warum? Nun, vielleicht war es kein Mann, der mit dem Mädchen auf der Straße ging."

Sie winkte ab. „Das Mädchen ist vergewaltigt worden, und zwar von einem Mann!"

„Ja, das Mädchen wurde von einem Mann vergewaltigt. Das heißt für mich aber noch lange nicht, dass das Mädchen auch mit diesem Mann mitgegangen ist. Meine Frage an dich: Wäre es möglich, dass eine Frau zu einem Mann ein derart tiefes Abhängigkeitsverhältnis entwickelt hat, dass sie sein Verbrechen nicht nur deckt, sondern sich sogar daran beteiligt? Vielleicht selbst auch eine gewisse – nun – Befriedigung durch das passive Zusehen oder die Beteiligung empfindet? Dann nämlich wäre es klar, warum die Polizei auch in diesem Fall niemanden findet, der den Mann und das Mädchen gesehen hat. Weil das Mädchen nämlich mit einer Frau mitgegangen ist oder vielleicht mit einem scheinbaren Ehepaar. Oder, um das Ganze noch komplizierter zu machen, vielleicht geht der Mann wirklich allein auf ‚Mädchenfang‘ und sieht trotzdem nicht aus wie ein Mann …"

„… weil er sich wie eine Frau kleidet!"

„Was gerade in der kalten Jahreszeit nicht besonders schwer ist. Es gibt inzwischen drei Fälle nach diesem Muster und alle drei Morde wurden in dieser Jahreszeit ausgeführt."

„Das solltest du der Polizei mitteilen."

„Um dann als verrückter Schreiberling zu gelten, der sich ungefragt in die praktische Arbeit der Polizei einmischt."

„Aber …"

„Zu deiner Beruhigung, ich habe es bereits als meine Pflicht erachtet, die zuständigen Dienststellen davon in Kenntnis zu setzen", unterbrach er ihren Einwand gespreizt. „Auch wenn ich annehme, dass man meine Anregungen dort kaum beachten wird. Von verrückten Ideen bekommen die jeden Tag einen ganzen Haufen. Ich kann mir auch vorstellen, dass sie selbst schon daran gedacht haben."

Der Ober kam und entfernte die leeren Teller. Er spielte indessen stumm mit seinem Glas und betrachtete das Kerzenlicht, das sich glitzernd in dem hellen Wein brach.

„Und der Voyeurismus?", fragte sie vorsichtig.

Er grinste breit und sah auf.

„Noch so eine beruflich einfühlsame Frage und ich lege mich zu dir auf die Couch, Fräulein Doktor."

„Da du dieses ‚Zu mir‘ auch so meinst, wollen wir davon lieber absehen", lächelte sie säuerlich. „Was ist mit dem Voyeurismus?"

„Ist es dir auch schon aufgefallen? Mach deine Flimmerkiste an, und was siehst du? Doku-Soaps, Big Brother, Castings für weiß Gott was und all die anderen Berichte, die keinerlei Informationswert mehr haben, weil sie keine neuen Erkenntnisse vermitteln.

Wenn ich mir einen Bericht über die Slums von Madrid ansehe, dann kann ich vielleicht was lernen. Wenn ich einer kleinen Göre zusehe, wie sie sich von abgehalfterten Exstars öffentlich anpöbeln lässt, weil sie selbst Sängerin werden will, dann lerne ich daraus nur, dass Menschen unendlich dumm sind. Aber das wusste ich schon, bevor ich den Fernseher angemacht habe. In diesem Bereich ist der Begriff Voyeurismus bereits öfter gefallen. Und alle wundern sich, woher dieser Trend denn auf einmal kommt. Aber ich gehe jetzt einen Schritt weiter. Wenn du nämlich ein Buch liest, dann handelt das doch zumeist ebenfalls von Menschen. Von Menschen, die leben, das heißt, sie schlafen, essen, duschen und gehen spazieren. Von Menschen, die Pläne haben und Ideen. Sorgen und Probleme, die sie bedrücken. Von Menschen auf dem Klosett und hinter dem Schreibtisch. Von Menschen, die mit anderen Sex haben und von ihren sonstigen Problemen und zwischenmenschlichen Katastrophen. Und du, du liest das alles, und das heißt auch, dass du das alles beobachtest. In einer gewissen Weise, könnte man sagen, ist das ebenfalls durchaus Voyeurismus."

Sie zündete sich schon wieder eine neue Zigarette an und winkte gleichzeitig ab.

„Sicher hast du nicht ganz unrecht", widersprach sie und blies dabei den Rauch gegen die Decke. „Aber ein Buch ist eher mit einem Spielfilm als mit Big Brother zu vergleichen. Hier könnte man durchaus etwas lernen. Der Mensch erzählt Geschichten, seit er sprechen kann, und der Drang zum Beobachten der Mitmenschen ist schon aus der Entwicklung gegeben. Und notwendig. Denn kein Tier und kein Mensch kann lernen, ohne jemanden zu beobachten. In dieser gewissen Weise ist natürlich jeder Mensch ein kleiner Voyeur, wenn er seine Mitmenschen beobachtet, um daraus zu lernen. Aber das ist noch nicht krankhaft. Krankhaft wird es erst, wenn ein gewisser Zwang dahinter steht und wenn sich diese Beobachtung fixiert, etwa auf die sexuelle Befriedigung. Auf der anderen Seite kann man natürlich den meisten Menschen einen gewissen Hang zum zwanghaften Voyeurismus einfach nicht absprechen. Tratsch und Klatsch beruhen darauf. Zumal damit, wie ja Adler sagt, das Ausleben eines Machtprinzips Hand in Hand geht. Ich werde gesellschaftlich besser wahrgenommen, wenn ich etwas über andere beobachtet habe. Bei Büchern sind das aber zumeist nicht mal reale Personen. Aber wenn du jetzt jedem Menschen, der gerne liest, sofort unterstellst, er oder sie wäre ein Voyeur, dann würde dich wohl die halbe Menschheit verklagen. Und das zu Recht."

Er bestellte noch Kaffee zum Dessert und grinste sie dann in einer Art und Weise an, die ihr nicht angenehm war.

„Ich wusste ja gar nicht, dass so viele Menschen lesen können. Es mag aber stimmen, was du da so sagst, geliebte Barbara. Es stimmt, aber nur, solange man es auf das passive Lesen begrenzt."

„Das passive Lesen? Was meinst du? Gibt es noch eine andere Art zu lesen?"

„Nun, es gibt auch noch eine aktive Art zu lesen, würde ich sagen. Das tätliche Lesen."

„Das ‚tätliche' Lesen? Was soll das jetzt wieder sein? Das musst du schon selbst erfunden haben."

„Wer weiß?", meinte er mit einem hinterhältigen Grinsen. „Vielleicht habe ich das auch."

Nein, hat er nicht!

Obwohl, zu dem Zeitpunkt konnte er das vielleicht noch gar nicht wissen. Aber mir reicht es jetzt. Entschuldigen Sie, Alex, aber es gibt einfach Grenzen! Irgendwann habe ich diesen aufgeblasenen, eitlen Pfau mal wirklich satt. Ich meine, dass er diese Geschichte mit dem tätlichen Lesen nicht selbst erfunden hat, das liegt wohl klar auf der Hand, das hatten wir schon. Ich weiß zwar von keinem anderen, der so etwas vor ihm tatsächlich gemacht hätte, aber ich weigere mich einfach zu glauben, dass so ein guter, so ein genialer Gedanke in einem so verqueren Gehirn reifen konnte. Ich weigere mich!

Das Einzige, worüber ich mich ein wenig freuen kann, ist die Tatsache, dass er damals die kleine Psychologin nicht in sein Bett bekommen hat.

Entschuldigen Sie, wenn ich ein wenig aufgebracht erscheine, aber allmählich halte ich diese ganze Idee doch für ein wenig überzogen. Nein, bitte, Alex, das soll jetzt nicht heißen, dass ich mich nicht gerne mit Ihnen unterhalte. Auch wenn das Ganze immer noch diesen einseitigen Anschein hat. Also, entweder sagen Sie wirklich nie was, oder es kommt ganz einfach nicht zu mir durch. Aber, grundlegend – diese Geschichte bekommt einfach keinen Schwung. Ich will jetzt endlich eine Handlung haben! Irgend eine. Und es ist mir schon völlig egal, wie trivial sie dann eigentlich ist. Aber dieses trantütige Herumhängen halte ich einfach nicht mehr länger aus!
Und außerdem! Was soll es heißen, dass du das Lesen eines Buches für Voyeurismus hältst? Denkst du denn, ich hätte keine Gefühle? Nein! Komm mir jetzt nicht mit deinen dummen, geschraubten Erklärungen. Ich bin wütend! Satt! Hochrot im Gesicht und ich habe einen Blutdruck jenseits von 200!

Was?

Wieso kann das bei mir nicht Blutdruck heißen? Buchdruck muss das heißen?
Gut, dann habe ich eben einen Buchdruck von über … oh du …! Okay. Okay, ich sage nichts mehr. Ich beruhige mich ja schon wieder. Zufrieden? Aber das mit dem Voyeurismus vergesse ich dir trotzdem nicht!
Und, damit du es gleich weißt, ich weigere mich, Alex den Sinn unseres letzten Ausflugs zu erklären.

So, du glaubst also, Alex hat das auch so verstanden? Na, wenn du meinst.

Was heißt, jetzt wenden WIR uns etwas anderem zu? Was soll das jetzt wieder? Wäre es vielleicht möglich, dass WIR einmal für längere Zeit bei einer Geschichte bleiben und nicht andauernd irgendwo herumhüpfen wie ein besoffenes Känguru?

WIR haben schon die ganze Zeit über nur eine Geschichte? Also davon habe ich noch nichts bemerkt. Und ich bin sicher, Alex auch nicht!

Oooha! Haben Sie das gehört, Alex? „WIR schreiten jetzt zur Tat des tätlichen Lesens." Also, wenn Sie mich fragen, wird es wirklich allmählich Zeit, zur Tat zu schreiten und diesen Wahnsinnigen in eine geschlossene Anstalt einzuweisen. – Und gebt ihm dort um Himmels willen nichts zu schreiben!!

Ja genau, dann kannst du auch nicht mit deiner Handlung anfangen. Recht geschieht dir!
Moment mal. Mit welcher Handlung?

Mit meiner Handlung? Willst du damit sagen, ich bekomme jetzt endlich eine Handlung? Ja?
Und was ist es für eine Handlung? Wird es ein glühender Liebesroman wie „Vom Winde verweht"? Oder … oder vielleicht ein packender Thriller wie „Der Knochenjäger"? Eine geniale Marketingstrategie und Verlade der Leser wie „Nicht ohne meine Tochter"? Oder ein Roadmovie-Tatsachenbericht wie „American Gods"? Oder, warte, lass mich überlegen, wird es vielleicht eine Abhandlung über die Grundlagen der menschlichen Gefühle und die tieferen Beweggründe des Lebens? Die Wahrheit über den Sinn des Lebens? Es könnte natürlich auch …

Eine Kriminalgeschichte.

Um einen ganz gewöhnlichen Mord.

Mir bleibt auch wirklich nichts erspart. Na, ich hoffe, mich gibt es wenigstens nicht im Heftchenformat. Obwohl eigentlich auch nichts gegen Heftchen zu sagen wäre, aber, sei mir nicht böse …

Warum sagst du „ein ganz gewöhnlicher Mord, der aber doch nicht so ganz gewöhnlich ist"? Ich meine, was jetzt nun?

Kann er jetzt noch nicht verraten. Na gut, Alex, WIR werden schon noch dahinterkommen, bleibt UNS ja doch nichts anderes übrig. Unter UNS: Erstens glaube ich, dass er es selbst noch nicht weiß, und zweitens, Sie haben es gut, Sie können mich zuklappen und weglegen, aber was mache ich armes Buch? Auf Gedeih und Verderben bin ich diesem Irren ausgeliefert!
Na ja, irgendwie werde ich damit leben.
Ein gewöhnlicher Mord, der eigentlich gar nicht so gewöhnlich ist. Auf jeden Fall ist es erschreckend! Zumindest, weil es schon wieder mal ein Mord ist. Immer müsst ihr Autoren irgendwelche Menschen umbringen. Natürlich ist auch mir klar, dass es genug davon gibt, und im Vergleich zum Wildbestand muss man sogar sagen, dass eine gewisse Abschusszahl an Menschen direkt gerechtfertigt und notwendig wäre. Um den Bestand zu erhalten und um zu verhindern, dass die Lebenden dieser Erde nicht zu viel Schaden zufügen. Vom ökologischen Standpunkt aus soll es ja verträglicher sein, einen Menschen zu töten als eine Ratte zu erschlagen. Sagen Wissenschaftler. Auch so eine eigenartige Spezies.
Ja, ich weiß auch, dass das faschistisches Gedankengut ist. Auch wenn ein alkoholabhängiger amerikanischer Präsident damit schon mal seinen „Krieg gegen das Böse" rechtfertigte. Aber seien wir doch ehrlich: Wenn sich die Menschen nicht intelligenter verhalten als Karnickel, dann sollte man auch nicht verwundert sein, wenn ab und zu jemand auftaucht, der die Menschen wie Karnickel behandelt. Wobei ich mir bei George W. nicht so sicher bin, wer das Karnickel war.

Aber eines scheint ihr Autoren bei euren dauernden Morden wirklich zu übersehen. Nämlich, dass diese Menschen eure potentiellen Leser sind. Wo die doch immer weniger werden. Die Leser, nicht die Menschen! Das heißt, ihr schneidet euch ins eigene Fleisch.

Natürlich bietet gerade so etwas wie der perfekte Mord eine Art von sportlicher Herausforderung. Das ist sogar mir klar. Aber es bleibt immer noch ein Mensch, der ermordet wird.
Augenblick mal, sagtest du eben etwas von einem „perfekten" Mord?!

Du hast eben noch von einem gewöhnlichen Mord gesprochen, und jetzt redest du von einer eigenen Kunstgattung!

Du meinst, es wäre an sich ein ganz gewöhnlicher Mord, aber in der Art und Weise ausgeführt, wie du es planst, wäre es „der perfekte Mord".
Also allmählich schaffst du es doch, mich zu interessieren.
Wie sieht das aus, Alex? Ein perfekter Mord – ein Mord ohne Anstoß, ohne Motiv. Ein Mord ohne Zeugen, ein Mord ohne Beweise.

Aha, ein Mord MIT Motiv, zumindest mit Vorsatz. Sogar ein Mord mit Zeugen. Und trotzdem nicht nachweisbar. Mit einem Mörder, der niemals überführt werden kann.
Ich bin sicher, dass ich es nur wenige Seiten weiter bereuen werde, aber jetzt muss ich sagen – mein lieber Autor, du hast mich neugierig gemacht.

Die Straße ist trübselig und leer. Grau wie Lagerhäuser reihen sich die Menschensilos aneinander, weil diese Gebäude im Grund auch nichts anderes sind und sein sollen. Weiter hinten beginnt die städtische Flächenverbauung dann niederer zu werden. Zweistöckig, einstöckig, je nach Geschmack und finanziellen Kräften der Stadtflüchter. Aber das ist kein nobles Villenviertel hier hinten. Auch wenn sich die sorgsam geschnittenen Hecken noch so viel Mühe geben. Hier wohnen die, die es gerade noch geschafft haben, aus den bedrückenden Menschenlagerhäusern zu entfliehen und sich ein klein wenig eigenen Raum zu schaffen. Dabei sind viele der Häuser nicht größer als kleine Wohnungen. Aber es sind ihre eigenen, so meinen sie. Und die wenigen Quadratmeter Rasen, Blumen und Sträucher vor dem Fenster, mit denen man ohnehin nichts als Arbeit und Ärger hat, verstärken die Illusion der Eigenständigkeit. So gut wie immer haben diese Menschen ihre ganze Existenz auf eine Karte gesetzt und sind nun auf Gedeih und Verderb an ihre Banken und an ihre Dienstgeber gekettet. Freiwillig versklavt, bis dass der Tod sie scheidet.

Man hört das Motorengeräusch schon einige Zeit, bevor der Wagen endlich um die Ecke biegt. Es ist ein uralter weißer Renault Lieferwagen, den anscheinend nur noch Aufkleber zusammenhalten. Aber ungeachtet seines Alters und des charakteristischen Scheperns zwingt der Fahrer das Vehikel viel zu schnell um die Kurve. Vor einem der Häuser wird der Wagen dann ziemlich drastisch abgebremst und der Fahrer quält sich hinaus.

Er ist ganze ein Meter fünfundsechzig groß, wirkt sehr massig, trotzdem in gewisser Weise unaussprechlich hektisch und ständig in Bewegung. Seine Haare trägt er stoppelkurz und bei dem einfallenden Licht sieht sein Blondhaar so dünn aus, als wäre es nicht vorhanden.

Er geht um den Wagen herum, öffnet die Heckklappe und zerrt drei große Schachteln heraus, die er den leichten Hang zu dem Haus hinaufschleppt. Er ist noch nicht ganz bei der Tür angelangt, als diese aufschwingt und er im Halbdunkel des Flurs die Umrisse einer großen schlanken Frau erkennen kann. Dunkle Haare fallen ihr in weichen Wellen über die Schultern.

„Claus?", ruft sie erstaunt aus. „Was um alles in der Welt machst du hier um diese Zeit? Und was sollen diese Schachteln?"

Sie lässt den atemlosen Mann an sich vorbei in das kleine Haus stolpern, und der sucht sich schnurstracks seinen Weg ins Wohnzimmer, wo er erst mal die Schachteln vorsichtig auf dem Tisch platziert. Auf allen Verpackungen prangen unverkennbar die drei großen blauen Buchstaben einer Computerfirma.

„Ist Dani zuhause?", fragt er. Aber bevor sie noch antworten kann, besinnt er sich anders und hat das Haus auch schon wieder verlassen. Wenige Augenblicke später kehrt er mit einer weiteren Schachtel unter dem Arm und seinem Mobiltelefon in der anderen Hand zurück.

„Wo ist Dani?"

„Seine Schule macht einen Ausflug für zwei Tage. Er ist erst morgen wieder hier", erklärt ihm Romana Fug, die Frau, deren Locken irgendwo zwischen Dunkelbraun und Schwarz funkeln und deren schlichtes dunkelblaues Kleid den reizvollen, weichen und doch schlanken Körper nachzeichnet. Für einen Augenblick muss selbst der quirlige Claus Tripp innehalten und sie ansehen. So, wie sie unter der Tür steht. Und er ist sich nicht bewusst, dass er erst einmal schlucken muss, bevor er sagt: „Dann bist du ja ganz allein zuhause."

Sie lacht auf und kommt in das Zimmer. Geht an ihm vorbei und öffnet die Schrankbar.

„Hör auf mit dem Blödsinn, Claus. Dazu kennen wir uns zu lange. Möchtest du was trinken?" Sie sieht ihn an und lacht wieder ihr klares, ein wenig zurückhaltendes Lachen. „Eine dumme Frage. Whisky? Wie immer?"

„Ja danke", meint er zerstreut. „Aber findest du nicht wirklich, dass du allmählich lange genug allein gelebt hast? Ich meine, wo doch Dani gerade heute nicht zuhause ist und ich gerade hier bin, da könnte ich …"

„… mir verraten, was in den Kartons ist", unterbricht sie ihn und reicht ihm das halbvolle Whiskyglas. Nicht unfreundlich, aber doch bestimmt. Offensichtlich ist es nicht sein erster halbherziger Versuch.

„Ich kann das Gefühl einfach nicht loswerden, dass es da einen heimlichen Mann in deinem Leben gibt", fährt er unbeirrt, aber nicht mehr ganz so ernsthaft fort. „Gestehe, da gibt es einen Mann! Mir kannst du's doch sagen."

Wieder lacht sie dieses warme, vorsichtige Lachen und sieht ihn kokett an.

„Claus, ich gestehe, du hast mich ertappt. Es gibt da einen Mann in meinem Leben."

„Na also, wusste ich es doch. Los, wie heißt er? Wer ist es?"

Ihr Lächeln wird um eine Spur tiefer.

„Er heißt Daniel."

Claus Tripp ist offensichtlich für einen Augenblick überrascht und dann vor den Kopf gestoßen. All die kokette Witzelei fällt schlagartig von ihm ab.

„Daniel? Romana, ihr seid seit fast zwei Jahren geschieden! Willst du mir einreden, dass du jetzt ein Verhältnis mit ihm hast? Davon würde ich doch was wissen. Oder liebst du ihn vielleicht noch immer? Nach all dem, was vorgefallen ist?!"

Jetzt lacht sie lauter, und er fühlt, dass sie ihn auslacht.

„Und es kommt dir gar nicht in den Sinn, dass es vielleicht gar nicht mein Exmann sein könnte, sondern ein anderer Daniel?"

„In dieser verdammten Stadt gibt es sicherlich ein paar Männer, die Daniel heißen."

„Du kennst immerhin zwei."

Er sieht sie an, und dann, im Schock der Erkenntnis, schluckt er den letzten Rest aus seinem Glas. Auf dem Weg zur Bar meint er resigniert: „Natürlich. Daniel senior und Daniel junior. Wie konnte ich nur vergessen, dass du einen Sohn hast!"

„Ist das etwas so Ungewöhnliches, wenn eine Mutter ihren Sohn liebt?"

„Mütter!", seufzt Tripp aus übervollem Herzen und hebt seine Augen gegen die Decke.

„Und wie geht es eigentlich deiner Mutter?", stichelt sie.

Er sieht sie für einen Augenblick an aus seinen hervorquellenden kugelrunden Kulleraugen, die ihm so unwiderstehlich das Aussehen eines knuddeligen Teddybären verleihen. Er sieht sie an, schenkt gleich noch einmal nach, trinkt einen langen Schluck und seufzt dann zum Stein-Erweichen.

„Ich bin jetzt 43 Jahre alt", beginnt er langsam. „Ich fliege jede Woche kreuz und quer durch Europa und die USA. Ich kenne viele mächtige Leute der Wirtschaft – und sie kann es nicht lassen, zumindest einmal in der Woche anzurufen – wo immer ich auch bin – und zu fragen, ob ich auch genug esse."

„Sie sorgt sich eben um dich."

Scheinbar wie auf Stichwort läutet das Mobiltelefon auf dem Tisch und er wirft ihm einen erschrockenen Blick zu. Aber dann hebt er schnell ab.

Während er beginnt, mit einem Kunden quer durch dessen bockendes Computerprogramm zu hetzen und Fehler für Fehler in unaussprechlichen Dateien auszumerzen, ist sie in einem rückwärtsgelegenen Zimmerchen verschwunden, das ihr als Arbeitszimmer dient. Auf dem Schreibtisch liegen Modezeichnungen verstreut und etwas abwesend beginnt sie die Blätter zu betrachten und einige auszuwählen, um sie in eine Aktentasche zu legen.

„Weißt du, mir ist eines aufgefallen. Die Frauen dieser Stadt sind besser gekleidet, seit du den Einkauf für die Modeabteilung eures Hauses übernommen hast."

Sie dreht sich um und sieht ihn unter dem Türrahmen stehen. Ohne Telefon am Ohr.

„Und? Schafft das Probleme für dich?"

Er zuckt mit den Schultern und blickt sie treuherzig an.

„Eigentlich nicht. Mehr als voll kann mein Terminkalender nun mal nicht sein."

Wieder schenkt sie ihm ein Lachen, aber dieses ist noch ein wenig zurückhaltender. Was sie bei jedem anderen als Angeberei missachtet hätte, was gerade an ihm so unglaubwürdig scheint, ihn kennt sie doch lange genug, um zu wissen, dass es die Wahrheit ist. Offensichtlich gibt es wirklich kaum eine Frau, die dem knuddeligen Teddy widerstehen kann. Die der Beharrlichkeit eines begnadeten Verkäufers nicht erliegt.

„Hättest du jetzt endlich die Güte, mir zu sagen, was mit den Schachteln ist? Ich muss in einer knappen Stunde in der Stadt sein. Und ich sollte dann zumindest wissen, was mir hiervon gefällt und was nicht."

Sie hält ihm ein paar Zeichnungen entgegen und sieht ihn fragend an.

„Na, was wird schon in den Kartons sein? Ein Computer natürlich. Er ist nicht das neueste Modell, aber er stand bei uns im Büro so unbenutzt in der Gegend herum, und da haben wir, da habe ich gedacht: Dani kommt jetzt in ein Alter, wo er einen Computer schon gebrauchen könnte. Für die Schule und so. Und da haben wir, da habe ich gedacht …"

„Wer hat was gedacht?", fragt sie und ihre Stimme klingt eisig.

Der kleine massige Mann zuckt ergeben mit den Schultern, wendet sich ab und geht zurück in das winzige Wohnzimmer.

„Die Idee stammt von Daniel. Warum sollte er seinem Sohn auch keinen Computer schenken?"

Er stellt das schon wieder leere Glas auf den Tisch und beginnt die Schachteln herumzuschieben.

„Im Übrigen ist es das neueste Modell."

„Du weißt, dass ich das nicht will. Und er weiß es ganz genau!"

Tripp seufzt und hebt dann seine Mitleid heischenden Kulleraugen zu ihr auf. Aber wie schon einige Male seit sie ihn kennt, meint sie hinter dem wasserblauen Plüschblick stählerne, eisige Härte zu entdecken.

„Romana", versucht er sie zu beschwichtigen, bevor es noch zum richtigen Ausbruch kommt. „Zuerst wollte Daniel den Computer selbst vorbeibringen, aber das habe ich ihm ausgeredet."

„Warum?"

„Weil du ihn samt dem Ding auf die Straße gesetzt hättest."

„Was ich jetzt auch mit dir machen werde. Ich kann für meinen Jungen allein sorgen. Ich brauche niemanden, der den großen reichen Macker spielt! Hast du mich verstanden?", braust sie auf.

„Ich verstehe dich. Ich verstehe dich vielleicht sogar besser, als du glaubst", meint er leise, um dann plötzlich mit ungewohnter Härte zu sagen: „Ich sehe aber auch, dass du Danis Ausbildung deiner eigenen Eitelkeit opferst."

Sie ist sprachlos. Für einen Augenblick starrt sie ihn nur an und versucht zu verstehen, was er eben gesagt hat. Aber bevor sie sich wirklich erholen kann, kommt er schon zu ihr, drückt sie in einen der Polstersessel und setzt sich vor ihr auf den Tisch.

„Hör mir mal zu, du schönste aller Furien."

Jetzt kann sie sich ein Lächeln doch nicht verbeißen.

„Reden wir doch mal offen. Dass du nichts von Daniel annimmst, verstehe ich zwar persönlich nicht, aber es wird für dich schon okay sein. Vor allem geht es mich überhaupt nichts an. Du weißt, ich habe mich aus eurer Ehe und dem ganzen Scheiß der letzten Jahre herausgehalten, soweit dies nur irgend möglich war. Und wenn ich jetzt mit diesem Ding hier auftauche, dann hat das auch einen anderen Grund. Nämlich den, dass auch ich den kleinen Dani gern habe. Und wenn du so willst, dann ist dieser verdammte Computer zumindest zur Hälfte von mir. Aus dem einfachen Grund, dass uns, Daniel und mir, und wohl auch dir, das Leben und die Ausbildung deines und Daniels Sohnes am Herzen liegt."

Er steht auf und geht wieder an die Bar. Der Spiegel in der Flasche ist in den letzten Minuten beachtlich gesunken, dem Mann allerdings sieht man das keineswegs an.

„Dass du den Jungen allein durchbringen willst, ist dein gutes Recht. Und vielleicht ist es für den Jungen sogar gut. Ich für meinen Teil würde in diesem Puppenhaus ersticken, aber ich bin ja auch kein Maßstab."

„Wohl kaum. Du bist mehr an geräumige Hotelhallen gewöhnt."

„Na und? Was ist Schlechtes dabei, wenn die Rezeptionisten der führenden Hotels mich schon von weitem begrüßen? Das war auch nicht immer so und steht jetzt nicht zur Debatte. Es geht um diesen Computer. Romana, ganz egal, wo und wie du dieses Ding kaufst, du würdest es nicht unter 3000 bekommen. Nur die Geräte. Und wir haben dieses Ding außerdem noch vollgestopft mit jeder nur erdenklichen Lern- und Lehrsoftware, die wir bekommen konnten. Und das Beste an der ganzen Sache ist, dass uns das alles keinen einzigen Cent gekostet hat."

„Dir kommt einiges durcheinander. Was heißt, es kostet euch nichts?"

Jetzt ist er wieder da, dieser Teddybärblick, unter dem jeder Widerstand unweigerlich dahinschmilzt.

„Na ja", meint er fast verlegen, „wir brauchten ganz einfach ein Vorführgerät. Zum Testen für ein neues Produkt. Ich hab da so eine Idee. Und da war dem Konzern das Beste gerade gut genug."

„Also mit anderen Worten, auch wenn du ihn jetzt hierlässt, das Ding gehört Dani gar nicht."

Er sieht die düsteren Wolken, die wieder in ihrem Gesicht aufziehen wollen, nur zu genau. Deshalb beeilt er sich zu sagen: „In gewissem Sinne gehört es ihm. Allerdings nur so lange, bis ein neueres Modell herauskommt. Dann muss er den alten Kasten zurückgeben – und bekommt dafür den neuen."

Sie schüttelt leise den Kopf und blickt, schon besiegt, zu Boden.

„Claus Tripp, der große Trickser", sagt sie dann doch, und eigentlich hätte es vorwurfsvoll klingen sollen. „Wie hast du das nur wieder gedreht?"

Der Riesenteddybär vor ihr nuckelt den letzten Schluck aus seinem Glas, als wäre es Apfelsaft, und zuckt mit den Schultern.

„Ist doch ganz einfach", meint er. „Du kennst meine eiserne Regel. Die Leute dürfen erst dann mit mir verhandeln, wenn klargestellt ist, dass alles so geschieht, wie ich es will."

Nun, Alex, was meinen Sie? Das fängt ja mal ganz gut an. Ein toller Computer, ein kleiner Junge, eine schöne Frau und ein Riesenteddybär von einem ausgezeichneten Verkäufer mit einer bedenklichen Neigung zum Alkohol. Die Namen der Personen habe ich aber für UNS überblendet. Natürlich reden sie jetzt, in dem Augenblick, wo WIR es lesen, doch sie reden sich mit ihren richtigen Namen an. Das würde aber sehr verwirrend für UNS werden, darum gehe ich als anständiges Bewusstsein her und höre nur, was ich auch hören möchte. Außerdem, WIR werden noch zwei weitere Personen kennenlernen. Erst dann können WIR uns auf die Suche machen, wo in dieser Geschichte der sprichwörtliche Hund begraben liegt. Bis jetzt scheint diese ganze Szene doch friedlich. Na, vielleicht ist friedlich nicht der richtige Ausdruck, aber auch nicht wirklich außergewöhnlich.

Nun, wie dem auch immer sei, während Claus Tripp jetzt den Computer im Zimmer des kleinen Daniel Fug junior aufstellt und die notwendigen Kabelverbindungen herstellt, während Romana Fug sich darauf vorbereitet, einen jungen, begeisterten Modeschöpfer zu treffen, der ihr nebenbei schon ebenso lange wie erfolglos den Hof macht, haben WIR uns zumindest eine kleine Pause verdient. Leider, denn das ist ein Nachteil des tätlichen Lesens. Wenn man einmal in eine Handlung eingestiegen ist und darin zu verweilen gedenkt, dann kann man nicht so einfach irgendwelche Zeiträume überspringen und sich sofort etwas ansehen, das vielleicht erst eine oder zwei Stunden später geschieht. Hier, beim tätlichen Lesen, muss diese Zeit tatsächlich erst vergehen, denn wir befinden uns ja nicht in irgendeiner Fiktion. Das ist eben einer der Nachteile, wenn man aktuell dabei sein und in das Geschehen eingreifen will. Allerdings muss ich einräumen, dass Zeit und vor allem das Empfinden von Zeiträumen etwas sehr Individuelles und unterschiedlich ist. Manchmal erscheinen Ihnen also Zeiträume kürzer, als sie tatsächlich sind. Oder länger. Und dann wäre da noch der Trick mit den leeren Zeiträumen, in denen Sie das Buch weglegen. Denn Zeit ist, entgegen der momentanen Meinung der Menschen, keine physische Konstante, das wäre wirklich mal ein Thema für ein Buch, aber ich befürchte, dazu wird sich mein Autor niemals durchringen. Wahrscheinlich weiß er auch zu wenig darüber. Wie auch immer, bleiben wir bei unserer Geschichte und ich erzähle Ihnen erst mal noch ein wenig über die Personen, bei denen WIR zu Besuch sind.

Romana Fug ist eine gebürtige Mailänderin und hat schon in jungen Jahren, kaum dass sie hierhergekommen war, den deutschen Staatsbürger Daniel Fug geheiratet. Dieser Daniel Fug arbeitet bei einem großen, internationalen Computerkonzern und lebt nun über zwölf Jahren hier. Und er war gerade mal zwei Jahre hier tätig, als seine frisch vermählte Frau ihm einen Jungen schenkte – Daniel Fug junior.

Sechs Jahre später lernte Daniel senior durch Zufall – wie auch sonst? – eine andere junge Frau kennen und begehren. Zuerst unterhielt er mit ihr ein ganz normales Verhältnis. Was heißen soll, er betrog seine Ehefrau. Was diese wiederum, naturgemäß, nicht sonderlich amüsant fand, als sie dahinterkam. Die Trennung ging relativ rasch und ohne Probleme über die Bühne, und seit ziemlich genau vier Jahren versucht nun Daniel Fug, am Leben seines Sohnes teilzuhaben. Soweit sein Job und seine Exfrau das zulassen. Die Hindernisse dabei ergeben sich genau in dieser Reihenfolge, denn eigentlich meint er in seinem Job mehr Zeit investieren zu müssen, als der Tag eigentlich Stunden hat. Da kommt manches zu kurz. Nicht zuletzt sein Sohn.

Claus Tripp könnte man als einen alten Freund der Familie bezeichnen. Durch seine permanente Reisetätigkeit für den Konzern kannte er Daniel Fug bereits, bevor dieser hierher versetzt wurde. Seinen nach wie vor guten Kontakt zu beiden Personen verdankt er einerseits seinen oft langen Abwesenheiten und andererseits der Tatsache, dass er mit zwischenmenschlichen Problemen prinzipiell nicht besonders gut umgehen kann und sich deswegen strikt heraushält. Übrigens auch aus seinen eigenen.

Die langen Korridore sind eng, scheinbar endlos und meist so leer und trostlos wie ebendieser. Manchmal hat man das Gefühl, dass sich die frei schwingenden Wände über einem zusammenneigen, wenn man den Gang entlanggeht. Als wäre der ganze Bau ein filigranes Kartenhaus, jederzeit bereit, in sich zusammenzustürzen. Weich und formbar unter forschem Schritt. So wie bei Claus Tripp. Zielbewusst marschiert er durch das große Konzerngebäude, wie man es von ihm gewohnt ist. Der dunkle, unauffällige Anzug ist leicht zerknittert, der Kragenknopf geöffnet und der Krawattenknoten weit gelockert. Links trägt er die Aktentasche, rechts das Mobiltelefon, und seine Knopfaugen sind beständig auf der Suche nach jemandem, mit dem er bekannt ist und den er nicht übersehen durfte. Auch wenn es anderen ab und zu passierte, ihm entging niemand. Er kannte jeden und pflegte zu jeder Person ein zumindest freundliches Verhältnis. Etwas aufmerksameren Beobachtern als seinen neiderfüllten Kollegen wäre nicht entgangen, dass gerade darin ein guter Teil seines Erfolgs begründet lag. Denn an seiner Kompetenz konnte es nicht wirklich liegen. Und auch die enormen Mengen an Alkoholika, die er zu sich nimmt, sind seinem Job nicht gerade förderlich.

Dort vorn ist der Lift. Dann wollen WIR den kleinen Spaß mal ins Rollen bringen. Eilen WIR ein wenig vor und stellen uns zur Tür. Ah, da kommt ja auch schon Tripp.
„Könnten Sie bitte drücken?", meint er und sieht noch einmal in den Korridor zurück, aus dem er eben gekommen ist.
„Für Sie doch gerne, Großmeister", geben WIR zurück und drücken die Taste für „aufwärts".
Er fährt herum und starrt UNS für einen kurzen Augenblick ins grinsende Gesicht. Ungläubig starrt er. Sieht so aus, als könnte er UNS nicht wirklich einordnen. Wäre auch verwunderlich gewesen, wenn er sich an meinen Autor erinnern könnte. Die Bezeichnung „Großmeister" kennt er allerdings aus seiner Vergangenheit. Und nicht gerade aus dem ruhmreichsten Kapitel.

„Äh – kennen wir uns?", will er wissen, neigt den Kopf ein wenig vor und betrachtet UNS noch genauer.

„Nein!", entscheidet er endlich erstaunt. „Ich vergesse niemals ein Gesicht. Wir sind uns noch nie begegnet."

„Ich kenne Sie, das genügt", feixen WIR breit.

Sprachloses Staunen. Endlich würgt er hervor: „Und wer sind Sie?"

Der Lift kommt und wir steigen beide ein. Er muss in den vierten Stock, das weiß ich, also drücken WIR die Vier für ihn und die Fünf für UNS.

„Ich komme aus Wien und hätte schon früher etwas von mir hören lassen, wenn ich gewusst hätte, wo ich Sie erreichen kann", sagen WIR und Tripp lächelt etwas verzerrt.

„Nun, jetzt haben Sie mich ja gefunden. Und was wollen Sie?"

Er wirkt fahrig, aber beherrscht. Gut. WIR grinsen. Der dunkle Fleck in seiner Vergangenheit, seine Zeit in Wien, tut ihre Wirkung.

„Sie interessieren mich. Sie interessieren UNS. Ein wenig. Ein wenig wegen Ihrer Vergangenheit, vor allem aber wegen Ihrer Zukunft."

Tripp nickt vor sich hin und mir scheint, die Erwähnung jener bösen Geschichte von damals macht ihn ein wenig traurig. Wenn ich daran denke, was er aus dem Unternehmen alles hätte machen können, dann hat er auch allen Grund, traurig zu sein. Weil es wie immer lief. Eine großartige Idee, von Freunden umgesetzt – und gipfelte in Neid, Missgunst und dem Verdacht von Scheckbetrug. Einziger Sieger war der Konzern geblieben, der sich im Hintergrund alle Rechte gesichert hatte.

„Und jetzt?", will er wissen, aber wir sind schon im Vierten angelangt und so sagen WIR: „Jetzt? Jetzt lasse ich Sie hinaus. Das ist Ihr Stockwerk."

Unter der Tür dreht er sich noch einmal um.

„Wir sollten uns vielleicht mal unterhalten", meint er nachdenklich.

Und WIR grinsen: „Ein für Sie typischer Geschäfts-Besprechungs-Brunch im Ramada. Dafür bin ich doch jederzeit zu haben. Zumal ich glaube, wir sollten wirklich einmal über die Zukunft sprechen. Wenngleich es noch nicht sicher ist, dass es Ihre ist, die auf dem Spiel steht."

Es gibt offensichtlich auch andere Möglichkeiten, um diesen Plüschaugen ein Funkeln von poliertem Stahl abzugewinnen, als die profane, ihn zu ärgern. Aber WIR setzen gleich nach und meinen: „Keine Angst, wir werden uns wahrscheinlich nicht wiedersehen, glaube ich. Lassen Sie Ihren Freund schön grüßen."

Die Türen schließen sich und die Kabine fährt wieder an. Als die beiden Personen im fünften Stock einsteigen, sind sie der Meinung, der Lift wäre leer.

Natürlich ist der Lift nicht leer, WIR sind ja noch drinnen, nur sehen können uns die lieben Leute nicht.

Macht doch Spaß, so kleine Ausflüge in die Realität. Nicht wahr? Jetzt haben WIR den Guten ein wenig verwirrt und ihn darauf vorbereitet, dass eigenartige Dinge geschehen werden. Grund genug für manchen, ein wenig nachdenklich zu werden. Aber jetzt sollten WIR uns wieder dem lieben Tripp an die Fersen heften. Im Übrigen werden Sie allmählich ahnen, wie mein Autor gerade auf diese Person verfallen ist. Da Tripp meinen Autor nicht erkennt, nehme ich mal an, ein Freund meines Autors hatte in Wien mit ihm zu tun. Aber sei's drum, lassen WIR die Hintergründe, wo doch auch ein altes Sprichwort sagt, dass man die Toten besser ruhen lassen sollte. Und das gilt wohl auch dann, wenn diese Toten sich selbst noch für durchaus lebendig halten.

Claus Tripp stellt eben Aktenkoffer und Telefon auf seinen Schreibtisch in dem kleinen, überfüllten Büro und schüttelt verwundert den Kopf.

„Das errätst du nie, was mir eben im Lift passiert ist."

Hinter einem der Computerschirme ihm gegenüber taucht ein

Kopf auf und die geröteten Augen fixieren Tripp kurz. Dann verschwindet der Kopf mit den kurzen lichtbraunen Haaren wieder hinter dem Terminal und Daniel Fug fragt: „Jemand, der dir Geld schuldet?"

Seine Stimme klingt genauso müde und unausgeschlafen, wie man es beim Anblick seiner Augen erwarten konnte. Jetzt kommt er wieder hoch, faltet die Hände im Nacken zusammen und streckt sich durch, wobei er herzhaft gähnt.

„Bist du noch immer hier oder schon wieder?", fragt Tripp.

„Genau genommen fühle ich mich, als wäre ich in diesem Zimmer geboren worden und hätte es noch nie verlassen."

„Soll ich Kaffee machen?"

Fug hebt wiederum nur kurz den Kopf, sagt aber nichts. Die Frage ist rein rhetorisch, hält er sich doch schon seit Tagen beinahe nur noch mit Kaffee auf den Beinen.

Tripp füllt Wasser in die Kaffeemaschine und häuft Löffel um Löffel samtig braunen Pulvers in das Filterpapier. Bei den Mengen an Kaffee, die hier verbraucht werden, war die Kapselmaschine nur ein Intermezzo.

„Du kannst dich doch noch an diese kleine Firma in Wien erinnern. Ich hab dir sicher mal davon erzählt."

Zwischen dem Klicken der Tasten vermeint Tripp ein zustimmendes Brummen zu vernehmen. Er schaltet die Kaffeemaschine ein und begibt sich wieder hinter seinen Schreibtisch.

„Im Lift hat mich so ein Typ angeredet. Er weiß von der Firma, er hat mich gesucht und er will sich wieder bei mir melden, vielleicht – und ich bin mir sicher, dass ich ihn noch nie in meinem Leben gesehen habe. Aber irgendwie wirkte er komisch. So als wüsste er etwas, was wir nicht wissen."

„Der wird doch nicht etwa verstanden haben, warum oder wie ein Computer funktioniert?", wirft Fug mürrisch ein, aber Tripp zuckt nur nachdenklich mit den Schultern. Und sagt nichts mehr.

Als er eine ganze Weile nichts mehr sagt, fragt Fug nach.

„Und?"

„Was und?"

„Den hast du getroffen?"

„Ach so, ja – der stand plötzlich unten vor dem Lift. Komisch, weder hat er mir gesagt, was er hier will, noch schien er sonderlich überrascht zu sein, mich hier zu treffen. Dinge gibt's."

Das penetrante Piepsen eines blockierenden Computerprogramms holt ihn zurück in die Realität. Daniel Fug wirft verächtlich den Kugelschreiber weg und gähnt noch einmal herzhaft.

„Wenn dir trotz deines Zusammentreffens der Appetit auf Überraschungen noch nicht vergangen ist, dann würde ich mal durchsehen, was alles an Anrufen für dich war", meint er mürrisch. „Da warten noch ein paar Überraschungen auf dich. Allerdings solche von der gröberen Art."

Wahllos beginnt Tripp in den Notizzetteln auf seinem Schreibtisch zu wühlen, aber er ist nicht ganz bei der Sache. Endlich fragt er: „Noch immer nichts Neues?"

Wieder sieht ihn Fug aus geröteten Augen müde an und beginnt dann genüsslich den prächtig schwellenden Bereich oberhalb der Gürtellinie zu kratzen.

„Wenn ich den Programmierer erwische, der dieses Programm verbrochen hat", verspricht er dabei energisch, „dann reiß ich ihm persönlich die Eier ab!"

Claus Tripp erhebt sich grinsend und steuert auf den Kaffeeautomaten zu, der eben leise zischend den letzten Rest des Wassers als Dampfwolke entlässt.

„Dabei wirst du Probleme haben", meint er feixend.

„Wieso?"

„Weil du ihm die Eier nicht abreißen kannst."

„Ach, und warum nicht?", will Fug gereizt wissen.

Tripp stellt ihm einen Becher mit dampfendem Kaffee vor die Nase und meint: „Weil es bekanntlich zwei Arten von Menschen gibt. Und nur eine dieser Arten trägt Eier zum Abreißen mit sich herum."

„Willst du damit sagen, diesen Scheiß hat ein Mädchen verbrochen?! Oh Gott, und ich dachte immer, so blöd könnten nur Männer sein!"

Ohne weiter auf diesen resignierten Ausruf einzugehen, langt Tripp nach einem Sessel und setzt sich neben Fug an den Computer.

„Ich dachte, du hattest ihn schon so weit. Was macht er denn jetzt wieder?"

„Er macht und er macht nicht", entgegnet Fug kryptisch, steht seinerseits auf und streckt seinen großen, massigen Körper kräftig durch.

„Wie bitte?"

„Ich habe ihn immerhin so weit gebracht, dass er die Daten aus der Steuerelektronik jetzt akzeptiert", erklärt Fug. „Aber er akzeptiert sie eben nicht immer. Zwei Mal geht es, drei Mal, vielleicht auch ein viertes oder fünftes Mal, aber irgendwann streikt dieses verdammte Ding dann."

Vorsichtig schlürfend versucht Fug den Kaffee zu trinken, aber der ist noch viel zu heiß.

„Und woran liegt es?"

Der massige Mann mit den kurzen lichtbraunen Haaren zuckt resignierend mit den Schultern und legt seine großen Hände um den Kaffeebecher, als wolle er sich wärmen.

„Was weiß ich?", brummt er. „Der Pufferspeicher ist es nicht. Manchmal dürfte die Elektronik ein Signal mitschicken, das er eigentlich ignorieren sollte. Er tut es aber nicht, weil vielleicht gerade dieses Signal irgendwo zuvor abgefragt wird. Und wenn er es dann tatsächlich bekommt, dann wirft er sich in eine Schleife und hängt sich auf."

„Na, das ist doch eine klare Fehlerdefinition."

Wieder schlürft der große Mann gierig aus seinem dampfenden Becher.

„Das ist eine mögliche Definition", meint er missmutig. „Eine mögliche und die wahrscheinlichste. Aber leider nur eine von vielen."

„Das lässt sich doch sehr leicht feststellen", meint Tripp und zieht energisch die Tastatur an sich. „Wir müssen einfach abfragen, ob …"

Die große Hand auf seinem Oberarm behindert ihn und so wendet er sich um.

„Du solltest erst mal deine Kunden beruhigen", meint Daniel Fug müde. „Und ich habe eine Verabredung einzuhalten. Was du später machst, das sei ganz dir überlassen, aber ich brauche jetzt mal Luftveränderung."

Er stellt den fast leeren, aber noch immer dampfenden Becher zur Kaffeemaschine zurück und greift nach der schwarzen Lederjacke an dem Haken daneben. Doch er zieht sie nicht an, sondern hängt sie sich nur über die Schulter.

Tripp deutet auf den Bauch, der Fugs Jeanshemd vorn spannt, und meint: „Ich hoffe doch, du wirst nicht gerade essen gehen."

„Doch, ich werde essen gehen", grinst Fug. „Aber keine Angst, ich gedenke die Kalorien gleich danach wieder abzuarbeiten."

„Dann gehst du wohl mit deiner kleinen Malerin essen."

Entschuldigend hebt Fug die Schultern und fasst nach dem Türgriff.

„Na und, mit wem denn sonst?"

Er ist schon beinahe draußen, als Tripp ihm nachruft: „Daniel! Interessiert es dich eigentlich gar nicht, was Romana zu dem Computer für Dani gesagt hat?"

Die massige Gestalt taucht noch einmal unter dem Türrahmen auf und für einen Augenblick sieht ihn Fug nachdenklich an. Dann meint er bedächtig: „Du hast das Ding nicht wieder mitgebracht. Also hast du sie überzeugen können. Verdammt, natürlich interessiert es mich, was sie dazu gesagt hat, aber ich kann es mir denken, und ich bin jetzt wirklich nicht in der Stimmung, um mir das anzuhören. Und außerdem bin ich schon spät dran."

Er grinst ein wenig und schließt dann die Tür hinter sich. Als er den Gang hinuntergeht, verschwindet das hilflose, aufgesetzt wirkende Grinsen ebenso schnell wieder, wie es erschienen ist.

Jetzt schlüpft er doch in seine Lederjacke und steckt die großen Fäuste in die Taschen. Der Körper mit den breiten Schultern füllt den schmalen Gang aus, aber dank seiner Tennisschuhe gleicht er auf dem weichen Teppichboden fast einer lautlosen Erscheinung. Verwaschene Jeans und Jeanshemd, weiße Turnschuhe, schwarze Lederjacke – in all den Jahren ist das für ihn beinahe zu einem Markenzeichen geworden. Er behielt diese Sachen, nachdem er sein Motorrad verkauft hatte. Auch nachdem er begonnen hatte, in dem Konzern aufzusteigen, und ihn mancher Anzugträger schief ansah. Er ging damit sogar so weit, dass sich Romana durchaus bewusst war, was sie riskierte, als sie ihn bat, wenigstens bei ihrer Hochzeit einen Anzug zu tragen.

Der Aufzug kommt und in der Kabine rücken zwei sehr blond gefärbte Mädchen angesichts des massigen Manns enger zusammen. Sie sind kaum älter als zwanzig. Und immer wieder streifen ihre ebenso herausfordernden wie abschätzenden Blicke den Mann, der so gar nichts davon bemerkt. Viel zu gefangen ist er in seiner Müdigkeit, in seinen Gedanken und in dem unbewussten Ärger, dass er nach all den Jahren immer noch nicht verstehen kann, was die beiden in seinem Rücken gurrend zu tuscheln haben. Er hat diese Sprache gelernt und er versteht sie sehr gut, aber er ist noch immer nicht in der Lage, das sirrende Geplapper, das junge Mädchen untereinander benutzen, in sinnvolle Worte zu gliedern. Er wird es auch niemals sein. Dabei wäre es egal. Denn bei den Mädchen selbst würde er wohl auf weniger Schwierigkeiten stoßen. Aber er achtet nicht darauf. Er achtet niemals darauf. Im Erdgeschoss drücken sich die beiden an ihm vorbei und drehen sich sogar noch nach ihm um, bevor sich die Türen wieder schließen. Aber er hat auch das nicht bemerkt.

Daniel Fug fährt sich mit der Hand über sein Kinn und ist nicht wirklich überrascht, als er entdeckt, dass er nach zwei Tagen kratzig wirkt.

Einen Stock tiefer, in der Garage, steigt auch er aus dem Lift und macht sich auf den Weg quer durch die niedrigen, nur spärlich beleuchteten Räume. Irgendwo dort hinten hat er seinen Wagen geparkt, aber er ist beim besten Willen nicht mehr in der Lage, sich genau an den Parkplatz zu erinnern. Zu viel Zeit scheint ihm seither vergangen. Und zu oft schon hat er hier unten seinen Wagen abgestellt. Hat er diesmal hinter dem Pfeiler geparkt oder war das vielleicht vor einer Woche gewesen?

Daniel Fug lässt sich von solchen Gedanken nicht beirren. Sein Wagen wird sich schon finden. Stehlen konnte ihn hier unten niemand und übersehen würde er ihn wohl kaum. Wirklich entdeckt er in diesem Augenblick einen dumpfen, dunkelroten Schimmer über all den anderen Fahrzeugen. Beinahe völlig verlassen steht der große Jeep Cherokee hinter einer Abtrennung und harrt seines Meisters.

Während Daniel Fug jetzt sein Riesenbaby von Auto vorsichtig aus der doch sehr niedrig gebauten Garage rollt, verlassen WIR ihn. Er wird jetzt dieses hochbeinige Monstrum durch die halbe Stadt jagen, damit er pünktlich bei seiner so innig und heiß geliebten Gioja ankommt. In der Zwischenzeit sollten wir uns einmal überlegen, was WIR hier eigentlich wollen.

WIR wollen einen Mord begehen.

So weit, so schlimm. Sie, Alex, Sie haben da natürlich grundsätzlich und prinzipiell etwas einzuwenden. Nämlich die Tatsache, dass man einen Menschen nicht so einfach und grundlos ermordet. Zumindest nicht jemanden, den man kaum oder überhaupt nicht kennt.

Wie?

Sie kennen jemanden, den Sie viel lieber verschwinden lassen würden? Den würde auch niemand vermissen? Ich kann Sie noch immer kaum verstehen. Aber so schlimm ist diese Verständigungsschwierigkeit nun auch wieder nicht. Einerseits ist es ja beinahe schon natürlich, dass das Bewusstsein nicht versteht, was das Gewissen vor sich hin brummelt. Und andererseits beeinträchtigt es auch unsere Zusammenarbeit kaum. WIR arbeiten ganz einfach nach der menschlichen Methode. Ich tue, was ich für richtig halte, und Sie müssen es akzeptieren – solange Sie es akzeptieren können. Wie Menschen auch leben. Wenn WIR einen Punkt erreichen sollten, an dem Sie für überhaupt nichts mehr geradestehen können, dann lassen Sie mir einfach die Luft raus. Oder, genauer gesagt, Sie klappen mich einfach zu und legen mich weg. Sie könnten natürlich und ganz einfach das betreffende Kapitel überblättern und „nicht-lesen", was aber handlungstechnisch etwas schwierig ist. Und auch nicht heißt, dass Sie dann nicht mehr verantwortlich sind – außer für das, was sie zuvor schon gelesen haben – und sich denken konnten. Sie haben auch die Gewissheit, dass ich so nicht fähig bin, weiterzuarbeiten. Ohne Sie und die Kraft Ihrer Phantasie geht eben gar nichts!

Das ist nun mal so wie im richtigen Leben der Menschen: Das Bewusstsein werkelt freudig vor sich hin und das Unterbewusstsein akzeptiert oder es dreht den Strom ab.

Aber um noch einmal darauf zurückzukommen, dass Sie jemanden kennen, den man viel eher aus der Welt schaffen sollte. Nun seien Sie mir nicht böse, aber ich versuche hier den „perfekten Mord" zu inszenieren und dann kommen Sie wie ein Blitz aus heiterem Himmel mit so etwas Profanem wie einem Motiv! Da kann das wohl nicht mehr so recht funktionieren, oder?

Haben Sie sich andererseits überhaupt schon überlegt, wen WIR eigentlich töten wollen?

Claus Tripp? Wäre eine Möglichkeit, aber das sollte man aus Pietät dem armen Konzern und den Aktionären gegenüber überdenken.

Romana Fug? Ihren kleinen Sohn? Also wissen Sie!

Die kleine Freundin von Daniel Fug? Diese verkrachte Kunststudentin Gioja Rosza? Das wäre schon eher möglich, aber auf diese Idee können Sie nur kommen, weil Sie sie noch nicht kennen. Warten Sie nur, bis Sie diese Perle kennenlernen. Dann werden auch Sie der Meinung sein, dass es um dieses Mädchen einfach schade wäre. Die hat noch eine große Zukunft vor sich!

Bleibt also eigentlich nur einer übrig.

Ich sollte jetzt ein wenig ehrlicher Ihnen gegenüber werden, Alex. So ganz zufällig ist meine Wahl natürlich nicht auf ihn gefallen. Die Möglichkeiten der Tätlichkeit des Lesens sind zwar ungemein vielfältig, jedoch trotzdem in weiten Bereichen beschränkt. Aus diesem Grund musste ich nach einem Opfer für UNS suchen, das auch wirklich Opfer werden kann. So einfach ist das nämlich gar nicht. Ja, wenn uns nichts Besseres einfallen würde, als mit einem Revolver, einer Maschinenpistole, einem Würgestrick, einer Autobombe oder sonst einem Ausdruck typisch menschlichen Selbstverständnisses jemand Beliebiges um die Ecke zu bringen, über den Jordan zu schicken, den Film rauszuziehen, abzuschirren, alle zu machen, den Schädel abmontieren, perforieren, ein Loch stanzen – oder was ihr Menschen sonst noch für liebevolle Ausdrücke dafür gebraucht. Wenn WIR nicht zu mehr fähig wären als zu solch stumpfsinniger und selbstgenügsamer Gewaltanwendung, dann wäre es nicht notwendig gewesen, dass WIR uns zusammenfinden. Hätten WIR auch nicht. Aber zu einem so schwierigen und diffizilen Handwerk wie dem Töten ohne Gewaltanwendung bedarf es neben einer gehörigen Portion Intelligenz auch eines passenden Opfers.
Wobei ich durchaus eingestehen muss, dass man auch jedes Opfer passend machen kann. Das ist allerdings in erster Linie eine Frage der Zeit. Und so viel haben wir nun mal nicht. Diesmal nicht.
Das Thema Gift klammere ich hier ebenso mal ganz aus, das liegt irgendwo in der Grauzone dazwischen. Sollten Sie darüber aber mehr wissen wollen, so kann ich Sie vertrauensvoll an meine geschätzten Kollegen aus der Feder von Agatha Christie verweisen. WIR aber werden noch weniger tun als selbst das. Nicht einmal ein Giftdöschen werden WIR öffnen. Wozu auch? Zu töten ist in Wahrheit um so vieles einfacher.
Sehen WIR uns diesen Daniel Fug noch einmal etwas genauer an. Vor mehr als zwei Jahren hat er Frau und Kind endgültig verlas-

sen, um zu einer anderen zu ziehen. Inzwischen hat seine Exfrau einen guten Job, sendet ihm monatlich die Alimente zurück auf ein Konto, das zwar auf den Namen seines Sohnes lautet, er aber die Auszüge bekommt. Und den Jungen zu besuchen wagt er nur bei besonderen Anlässen – etwa wenn noch andere Menschen rundherum sind. Nicht, weil sie ihm vielleicht Vorwürfe machen würde. So etwas käme ihr meist gar nicht in den Sinn. Es sind seine eigenen Schuldgefühle, die nagen und bohren. Obwohl ihm diese Geschichte nicht so unbekannt sein sollte. Ist er doch selbst das Kind einer Deutschen und eines amerikanischen Soldaten, der keinerlei Anstalten machte, sich zu wehren, als er zurück in die Staaten versetzt wurde. Freundin und Kind blieben natürlich in Europa. Außerdem lebt Daniel in einem fremden Land, in einer fremden Stadt und in einer fremden Sprache, in der er zwar schon ziemlich heimisch geworden ist, deren wahres Wesen ihm aber nach wie vor verborgen blieb. Und auch verborgen bleiben wird. Sprache wie Stadt wie Menschen. Alles in allem könnte man ihn also durchaus als den typischen modernen, den entwurzelten Menschen bezeichnen. Ein moderner Nomade ohne festen Platz in der Gesellschaft und in seinem eigenen Leben. Einen Menschen ohne Halt in den reißenden Stromschnellen des Lebens, verheddert in dem undurchschaubaren Netzwerk der sozialen Strukturen unserer Zeit. Ein Mensch wie fast jeder andere in der modernen westlichen Zivilisation. Und nicht nur in dieser.

Aber mehr noch als diese Entwurzelung macht ihm ein anderer Umstand zu schaffen. Ich habe Ihnen doch zuvor schon erzählt, dass er seine Frau verlassen hat, um eine andere zu heiraten. Damals sagte diese andere: „Vielleicht." Heute, zwei Jahre später, sagt sie immerhin schon: „Vielleicht." Sagt auch sein Chef „Vielleicht", wenn es um die Verlängerung seines Vertrages geht. Sagt Tripp „Vielleicht", wenn es um das neue Projekt geht. So, dass dieses „Vielleicht" zu einem Credo seines Lebens geworden zu sein scheint. Sagt er doch selbst schon viel zu oft „Vielleicht", wenn eine Entscheidung dringend notwendig wäre.

Drängt sich Ihnen nun das Bild des im Winde schwankenden, vom Sturm gebeutelten Schilfrohrs auf, so liegen Sie falsch, Alex. Tun Sie dem Schilf nicht Unrecht! Denn sosehr ein Schilfrohr auch zu schwanken scheint, sosehr es hin und her geworfen wird, es steht doch fest verwurzelt. Etwas, das es den Menschen voraus hat.

Endlich entdeckt er einen Parkplatz, der auch für seinen Jeep groß genug ist. Hier in den alten Teilen der Stadt ist es schon verrückt, überhaupt mit dem Wagen zu fahren; wenn man dann aber auch noch ein solches Monstrum zur Kompensation seiner Komplexe sein Eigen nennt, dann darf es einen nicht verwundern, wenn man mehrere Male um die Blöcke kreisen muss, bevor man einen Parkplatz findet.
Hastig versperrt er den Wagen und verschwindet in dem Hausflur, in den dunklen Schatten. Es gibt natürlich keinen Aufzug in dem alten Bau, und sie musste ja, wie es sich für eine Künstlerin gehört, unter dem Dach leben. Das natürlich nicht in einem kleinen, feuchten, zugigen Kämmerchen!

Als sie eines Tages den Wunsch nach einem eigenen Atelier geäußert hatte, da konnte er nicht umhin, sich darum zu kümmern, dass aus dem muffigen Dachkämmerchen eine geräumige Atelierwohnung wurde. Jetzt, als er leise die Tür aufschließt und das Vorzimmer betritt, fragt er sich wieder einmal, ob es nicht ein Fehler war, ihr dieses Appartement einzurichten. Vielleicht wäre vieles anders gelaufen, wenn er ihr nicht ermöglicht hätte, ein eigenes Leben aufzubauen. Vielleicht wäre es besser gewesen, sie gleich in seine Wohnung zu holen. Vielleicht. Schon wieder vielleicht. Ein Vielleicht ist eine von vielen Möglichkeiten, die Realität hat nur eine unumstößliche Form der Tatsache.
Und Tatsache war, dass er zu spät kam. Ebenso, dass er eigentlich noch hätte duschen sollen. Sich rasieren. Frische Kleidung wäre auch kein Fehler gewesen. Doch seine Hauptsorge galt der Tatsache, dass er zu spät kam.

Nicht, dass sie immer pünktlich gewesen wäre, Gott bewahre, sie doch nicht. Aber in den beiden Jahren und länger, seit er sie kannte, hatte Daniel Fug es tunlichst vermieden, sie warten zu lassen. Einmal war er etwas zu spät gekommen; aber damals war sie selbst noch nicht fertig gewesen und hätte somit eigentlich keinerlei Möglichkeit gehabt, ihm irgendwelche Vorwürfe zu machen. Trotzdem hatte sie ihn auch damals merken lassen, dass es ihr ganz und gar nicht egal war, wenn man ihr nicht die erwartete Aufmerksamkeit zukommen ließ.

Sie war eben durchaus der Ansicht, dass Männer einzig und allein dazu geschaffen worden waren, um möglichst viele ihrer Wünsche zu erfüllen. Dass es den einen, der alle ihre Wünsche erfüllen konnte, sowieso nicht gab, damit hatte sie sich allerdings inzwischen abgefunden. Was sie aber nicht daran hinderte, sich so viele ihrer Wünsche wie nur möglich erfüllen zu lassen. Und das war auch niemals eine Frage gewesen. Sie bekam ihre Wünsche erfüllt. Aber sie war sich auch durchaus bewusst, dass keiner dieser Männer ihr ihre Wünsche aus silberreiner Nächstenliebe oder purer Großzügigkeit erfüllt hatte. Sie bezahlte schließlich dafür. Und sie bezahlte gut. Mit der Währung ihres weichen, anschmiegsamen Körpers, mit ihrer lustvollen Feuchtigkeit, mit ihrem puren, harten Sex oder mit ihrer hinhaltenden Zärtlichkeit. Was immer gerade gefragt war.

Und als Daniel Fug sie auf dem Sofa im großen Wohnraum entdeckt, wird ihm unbewusst klar, dass Mann für ihre Art von Bezahlung doch einiges an Strapazen auf sich nehmen konnte.

Sie sitzt einfach nur da und sieht zu dem großen Fenster hinaus. Er ist sich nicht sicher, ob sie ihn gehört hat oder wirklich so in Gedanken versunken ist. Auf jeden Fall sieht er sich vorsichtig um und entdeckt kein gebrauchtes Glas in ihrer Nähe. Sie hat also ihren ersten Drink noch nicht gehabt. Oder einen ihrer ersten. Eigentlich liebt er es gerade, wenn sie ein klein wenig betrunken ist. Dann wird sie noch hemmungsloser, noch aggressiver. Doch berechenbar aggressiv. Manchmal war sie geradezu über ihn hergefallen, um sich das zu holen, was sie wollte. Wenn sie jetzt noch nichts getrunken hatte, dann würde sie ebenfalls über ihn herfallen. Allerdings nicht im positivsten, nicht im sexuellen Sinne.

Hinter der großen Fensterfront erstrecken sich die dicht aneinandergedrängten, verschachtelten Dächer bis hinein in den bleigrauen Himmel. Wie ein surreales Bild aus unzähligen länglichen Schornsteinen und runden Satellitenschüsseln. Er betritt langsam den großen Wohnraum und taucht ein in diesen warmen, heimeligen Flair aus Pastellfarben, dunklem Holz und Leder. Trotz der großen Fensterfront wirkt der Raum geborgen und weiblich und unterstreicht so noch die Ausstrahlung seiner Bewohnerin. Sie sitzt da, sieht zum Fenster hinaus und scheint zu warten. Geduldig zu warten. Die langen hellbraunen Locken fallen weich und seidig schimmernd über ihre Schultern und dann noch ein ganzes Stück den Rücken hinunter. Der weiße Overall, den sie trägt, hebt sich deutlich vom dunklen Braun des Ledersofas ab und unterstreicht in seinem strahlenden Glanz den zarten Bronzeton ihres fein geschnittenen Gesichts.

Jetzt endlich wendet sie sich um, sieht ihn an. Es ist ihm unmöglich zu sagen, ob sie verärgert ist, weil er sie hat warten lassen, oder ob sie sich einfach nur freut, ihn zu sehen. Und sie lässt ihm auch gar keine Zeit, sich darüber zu wundern, wie ruhig und beherrscht ihr Gesicht ist. Wie wenig die großen strahlenden Augen ausdrücken. Geschmeidig bewegt sie ihren weichen, sinnlichen Körper, erhebt sich und kommt ihm entgegen. Sie kennt Männer lange und gut genug, um zu wissen, dass erst einmal alle Überlegung blockiert ist, wenn sie ihnen entgegenkommt in dieser Art und Weise. Langsam, weich, geschmeidig wie eine große schnurrende Katze. Die Augen fest auf die Beute geheftet. Und auch Daniel Fug kann sich diesem Bann nicht entziehen. Ihr lässig geknoteter Gürtel betont auffällig die schlanke Taille über den so breiter wirkenden Hüften. Der Reißverschluss vorn ist gerade hoch genug geschlossen, um die großen Brüste zu bändigen und doch das schimmernde, schattige Tal dazwischen zu betonen. Die vollen

Lippen in dem ovalen Gesicht sind zart geschminkt, glänzen wie immer feucht und sind ein klein wenig geöffnet. Wie die Knospe einer Blüte, kurz bevor sie sich vollends öffnet, um sich und ihren kostbaren Nektar den kleinen fleißigen Insekten hinzugeben. Alles an ihr ist eine unausgesprochene, aber doch unmissverständliche und unwiderstehliche Einladung.

Der große Mann hat gar keine andere Wahl, als dieser Einladung nachzukommen. Kaum ist sie in seiner Reichweite, da fasst er auch schon ungeduldig nach ihr und presst sie hart an sich. Fühlt den schweren warmen Druck an seiner Brust, fasst in das feste Fleisch ihrer Hüften unter dem steilen Tal des Rückgrats und versucht sie zu küssen. Zu küssen auf diesen vollen, feuchten Blütenkelch der Verheißung. Sie aber weicht seinen Lippen geschickt aus und presst sein Gesicht gegen ihren Hals. Während er sich immer tiefer zwischen ihren Hals und die zarte Schulter wühlt, den fruchtigen Duft ihrer Haut trinkt, gleitet ihre freie Hand auf seinem Rücken auf und ab, um dann endlich auf seinem Gesäß zu landen, auf seinem Schenkel und dann weiter vorn, wo sie ohne zu zögern beginnt, das harte Stück Fleisch in seiner Hose zu massieren. Bis er verhalten aufstöhnt. Sein Mund an ihrer Schulter, am Ansatz ihrer Brüste wird immer ungeduldiger, seine Hände immer gieriger. Wieder stöhnt er auf, presst sie noch härter an sich und versucht noch einmal, sich an ihrem Mund festzusaugen. Aber wiederum weicht sie aus. Ja, sie nimmt sogar ihre Hand dort unten weg und legt ihm einen Finger vorsichtig auf die Lippen.

„Wir sind sowieso schon spät dran – und du wirst mir nicht auch noch meinen Lippenstift verwischen", meint sie lächelnd.

Deutlich fühlt sie, wie er sich ihr hart und heiß entgegendrängt. Deutlich sieht sie den fiebrigen Glanz in seinen Augen und spürt, wie er unbewusst versucht, sich an ihr zu reiben.

„Lass mich bitte los. Du hast meine Frisur ganz durcheinandergebracht", sagt sie noch eine Spur kühler, lässt das Lächeln erlöschen und windet sich dabei energisch aus seinen Armen. Verblüfft, schwer atmend und mit vorgeschobenem Unterleib steht er noch immer da, als sie schon vor dem Spiegel im Vorzimmer versucht, ihre kaum zerstörte Lockenpracht wieder in Ordnung zu bringen. Endlich kann er seine Verblüffung einigermaßen abschütteln, und wie um sich selbst zu beruhigen, streicht er unbewusst mit einer Hand über seine Hose, um dann, noch immer benommen vor Verlangen, ins Vorzimmer zu stapfen, wo sie schon auf ihn wartet. „Was ist jetzt?", fragt sie unschuldig. „Ich hab schon einen Mordshunger – können wir jetzt endlich was essen gehen oder nicht?"

Er brummt nur etwas Undeutliches und stolpert dann hinter ihr her die dämmrigen Treppen hinunter. Immer den weich sich wiegenden Hüften, dem Klappern der hohen Absätze hinterher. Sein ganzes Denken wird dominiert von dem gestauten Blut zwischen seinen Beinen. Erst als sie schon im Wagen sitzen und Daniel ausparkt, fragt sie: „Wohin fahren wir eigentlich?"

„Alfredo's", brummt er und bemerkt sofort, dass er mit diesem brummigen Ton die Stimmung zwischen ihnen nicht verbessert. Deswegen bemüht er sich, etwas fröhlicher zu klingen, und sagt noch einmal: „Alfredo's! Ich habe es endlich geschafft, einen Tisch bei Alfredo zu bekommen. Irgendwelche Einwände?"

„Nein", gibt sie ebenso einsilbig und brummig zurück, wie er zuvor geantwortet hatte. Sie sieht auch keine Notwendigkeit, freundlicher zu werden. Nur dann legt sie ihm plötzlich, für einen kurzen Augenblick, ihre Hand auf die seine und lächelt ihn an. So als hätte sie sich eben erst erinnert, dass sie ihn ja liebt und ihm verbunden ist.

Da WIR nun wieder Zeit haben, sollte ich Ihnen etwas mehr von diesem kleinen Luder erzählen. Zum Beispiel, dass Gioja Rosza nur ihr Künstlername ist und sie als Maria-Rosalia getauft wurde. Ich könnte Ihnen auch erzählen, dass sie bei ihrem Kunststudium in all den Jahren nie über den ersten Teil hinausgekommen ist. Obwohl ihre Bilder gar nicht mal so miserabel sind. Wenn man moderne, abstrakte, erklärungsbedürftige Kunst mag. Es gibt da auch schon eine Galeristin, die ihr durchaus zugetan ist. Interessant wäre sicherlich auch die Geschichte, wie sie ihr Abitur schaffte. Denn es gibt wohl nur wenige Schülerinnen, um die sich zwei Professoren in rasender Eifersucht prügelten. Vor allen Leuten in der Schule. Denn bereits damals hatte sie begriffen, dass sie alles erreichen konnte, wenn sie den anderen Menschen ihre Phantasien nicht raubte. So kann sie mit Recht behaupten, dass sie in ihrem Leben kaum gelogen oder geschwindelt hatte – sie hatte es nur vermieden, so manche Irrtümer aufzuklären. Da gäbe es wohl ein paar ganz nette Geschichten zu erzählen. Aber einerseits habe ich dazu keine Lust, denn das hier ist schon verworren genug, und andererseits ist dort vorn bereits Alfredo's.

Alfredo's Bar und Restaurant ist eines jener Speiselokale, die sich zwar über den allgemeinen Standard erhoben haben, jedoch noch nicht weitläufig bekannt sind und auch von den Kennern nur widerwillig als sprichwörtlicher Geheimtipp empfohlen werden. Denn aus guten Gründen sind die Zeiten vorbei, in denen man Geheimtipps dieser Art bedenkenlos seinen Freunden und Bekannten mitgeteilt hatte. Hat sich dieser „Geheimtipp" nämlich erst einmal herumgesprochen, dann ist das Lokal schnell völlig überlaufen. Und spätestens nach einem Monat leiden Atmosphäre und Service – einfach die Qualität unter dem Ansturm. Sosehr sich die Führung auch bemühen mag, dies abzufangen – eine Steigerung der Quantität ist ab einem gewissen Bereich nun mal unweigerlich gleichbedeutend mit einer Verringerung der Qualität. Was den eigentlichen Genießer dazu veranlasst, sich ein mehr oder weniger neues, vor allem aber ruhigeres Lokal zu suchen. Da Lokale dieser Qualität aber wahrlich nicht sehr dicht gesät sind, ist auch das ein schwieriges Unterfangen. Also behalten die wirklichen Genießer ihre Geheimtipps immer öfter für sich.
Alfredo's Restaurant ist da gerade an der Grenze. Früher, da hatte er immer noch einige Tische frei. Wer kommen wollte, der bekam auch einen Tisch. Heute muss Alfredo schon jeden Tisch besetzen, um dem Ansturm auch nur einigermaßen gerecht zu werden und

ohne einen seiner treuen Gäste tödlich zu beleidigen. Und weil auch immer wieder Leute reservierten, ohne dann tatsächlich zu kommen. Dies alles führte natürlich auch dazu, dass er sein Personal hatte aufstocken müssen.

Gioja fällt der neue Kellner bereits im ersten Augenblick auf, als sie das Lokal betritt. Er ist ja auch nicht zu übersehen. Groß, dunkelhaarig, breitschultrig, mit schmalen Hüften und Zoll für Zoll ein Adonis. Aber unsere Gioja musste sich eingestehen, dass der Junge außer schön eigentlich nichts ist. Er ist nicht interessant, er ist nicht sonderlich anmutig und auch nicht wirklich ansprechend. Aber er ist nun mal schön, und für das, was sie im Schilde führt, reicht es allemal.

Daniel Fug entgehen weder die Blicke, mit denen seine Begleiterin den jungen Mann begutachtet, noch die Blicke des jungen Mannes, mit denen der ziemlich unverschämt über die junge Frau herfällt. Und es entgeht ihm nicht, dass sie, entgegen ihrer sonstigen Gewohnheit, auf der Gangseite des Tisches Platz nimmt. Bisher war es ihr zuwider gewesen, wenn die Bedienung andauernd hinter ihr vorbeihuschte oder ihr über die Schulter sah. Diesmal schien so einiges anders zu sein. Der schwarz gelockte Adonis kommt, um ihnen die Speisekarten zu bringen, und sie streckt sich gerade genüsslich durch. Genüsslich und lange genug, um ihm die Möglichkeit zu geben, seine Blicke tief hinter den offenen Reißverschluss versenken zu können. Wenn er kommt, um die gewählten Speisen zu servieren oder um nachzulegen, da wird sie nervös und rutscht auf ihrem Stuhl herum. Und in der Enge des Lokals lässt es sich nicht vermeiden, dass sie ab und zu seine Hüfte mit ihrer Schulter oder ihrem Arm berührt. Was dazu führt, dass er sich erstaunlich oft um ihren Tisch bemüht. Als er dann abservieren will, fällt ihr glücklich auch noch die Serviette zu Boden, und er hat es kaum bemerkt, als sie sich auch schon danach bückt und so die Gelegenheit bekommt, unbemerkt von all den anderen Gästen, ihre Hand über sein Bein gleiten zu lassen. Der junge Mann steht da wie zu Stein erstarrt und weiß nicht so recht, ob er sie nun anlächeln soll oder ob er diese eindeutige Berührung besser ignoriert. Aber dank des kräftigen Körperbaus ihres mürrischen Begleiters unterdrückt er sein entrücktes Grinsen, bedankt sich nur höflich und verschwindet.

Daniel Fug hat während des ganzen Essens kaum mehr als eine Handvoll Sätze mit ihr gewechselt. Und er hätte bereits jetzt nicht mehr sagen können, wovon sie gesprochen hatten. Wie im Fokus eines Kaleidoskops sieht er die junge Frau vor sich, und er ist sich nicht sicher, ob das, was er rundherum zu beobachten meint, nicht einfach nur eine Ausgeburt seiner überreizten Phantasie ist. Natürlich dachte sie nicht im Traum an diesen kleinen Gigolo. Schön mochte er ja vielleicht sein, aber das Leben, dass sie für nötig hielt, das konnte der ihr nicht bieten.

Die letzten dieser düsteren Gedanken zerstreut ihr Wunsch, dass er keine weitere Flasche Wein mehr bestellen sollte, da sie nach Hause wolle. Daniel Fug kommt ihr Vorschlag keineswegs ungelegen. Obwohl er sich nicht so sicher ist, weswegen. Die Spannung, die sie zuvor so handwerklich geschickt in seinem Körper aufgebaut hatte, die ist noch immer nicht so ganz verschwunden. Natürlich nicht, denn allein schon, sie gegenüber zu haben, konnte so manchen Wunsch in einem Mann wecken. Andererseits gesteht er sich aber auch ein, dass er ausgesprochen müde ist. Dass er sich durch die letzten, arbeitsreichen Tage so richtig ausgebrannt fühlt. Und er ist sich insgeheim keineswegs sicher, ob er heute die Leistung würde erbringen können, die er von sich erwartete. Aber auch in diesem Zusammenhang wischt sie all seine Überlegungen schnell beiseite, als sie ihm mitteilt, mit aufrichtigem Blick und runden Augen, dass sie sich den ganzen Tag über schon nicht so richtig wohl gefühlt habe. Und dass sie eigentlich nur ihm zuliebe mitgegangen sei.

Die Rückfahrt von Alfredo's Restaurant verläuft mindestens ebenso schweigsam wie die Hinfahrt. Anders ist nur, dass ihre

Hand jetzt nicht mehr auf der seinen liegt, sondern tiefer auf seinen Schenkel gewandert ist. Was seine Konzentration auf den Straßenverkehr beträchtlich vermindert. Aber wann immer er leisen Protest anmeldet, lacht sie nur leise und geheimnisvoll. Und gräbt tiefer, verstärkt ihre Bemühungen. Irgendwo bei einer Kreuzung ist sie dann so weit, dass sie ihn bloßgelegt hat und sein pulsierendes Fleisch in der Handfläche fühlt, während er verkrampft auf die Straße hinaussieht. Jeder Spurwechsel wird zum Problem, jedes Abbiegen zum Risiko. Als sie endlich bei ihr ankommen, da ist er schon so weit, dass er einfach vor der Einfahrt anhält und aus dem Wagen will. Aber sie gibt ihn nicht frei, zügelt ihn mit ihren spitzen Nägeln, drängt sich an ihn und zieht seinen Kopf zu sich herum, um sich küssen zu lassen. Ohne dabei die eifrigen Bemühungen ihrer Hand einzustellen. Und wirklich, wenige Augenblicke später stöhnt er auf, wirft den Kopf zurück und sie fühlt deutlich das heiße, feuchte Zucken zwischen ihren Fingern. Ihre Bewegungen werden mit einem Mal um vieles langsamer, zärtlicher. Sekunden, die wie Minuten scheinen, verharren sie so. Ihre Hand bewegt sich langsam und vorsichtig um ihn und er krault versunken in ihrem Haar.

Flüsternd fragt sie: „Hast du ein Taschentuch?"

Mit schweren Bewegungen kramt er eines aus seiner Jackentasche und sie säubert ihre Hand und ihn damit, so gut es geht. Mit spitzen Fingern wirft sie das verklebte Papiertuch einfach durch den Fensterspalt auf die Straße und schmiegt sich an ihn. Endlich fragt sie: „Bist du mir sehr böse, wenn ich dich nicht mit hinaufnehme? Mir ist wirklich nicht gut heute."

Er lächelt sie an.

„Natürlich bin ich dir nicht böse – wenn du mir versprichst, nicht krank zu werden. Es ist doch nichts Ernstes?"

Jetzt lächelt auch sie und schüttelt leicht den Kopf.

„Es ist nichts Ernstes. Es ist nur – so regelmäßig einmal im Monat beneide ich euch Männer."

Sie geht natürlich davon aus, dass er nicht nachrechnet, wie viele

Tage seit ihrer letzten Periode vergangen sind. Und sie hat recht, er weiß es niemals genau. Weil er sich nicht dafür interessiert. Er hatte zu akzeptieren, dass es Tage gab, an denen ihm der beste Wille nichts nützte. Und so, wie er es bisher immer akzeptiert hatte, so fügt er sich auch heute.

Sie knutschen noch ein wenig herum und seine Hand beginnt den Spalt in ihrem Overall zu erforschen. Die darunterliegenden reifen Hügel zu streicheln, soweit sie sich ihm darbieten. Aber als sie fühlt, dass er allmählich wieder fordernder wird, entzieht sie sich ihm und steigt aus dem Wagen. Noch schnell wechseln sie ein paar Worte zum Abschied, dann verschwindet sie endgültig in dem dunklen Hausflur und er sitzt da und sieht ihr müde hinterher. Endlich startet er den Wagen, parkt aus und verschwindet um eine Ecke weiter vorn. Doch kaum um die Ecke, fällt ihm auf, dass es vielleicht nicht so schicklich ist, mit offener Hose durch die Stadt zu fahren. Immerhin drängt schon wieder ein ganzes Stück Fleisch aus dem Stoff, denn das Geknutsche und die Erforschung ihres Körpers hatten seine Erregung schnell wieder steigen lassen. Gleich an der Ecke ist ein Parkplatz und er bleibt stehen. Unbewusst stellt er Motor und Licht ab und seine Augen beginnen sich allmählich an die Dunkelheit zu gewöhnen, während er umständlich an sich herumwerkt, um den Reißverschluss zu schließen. Dabei bemerkt er endlich den Mann, der dort vorn bei der Laterne steht und ihn beobachtet. WIR stehen unter der Laterne, schön im Licht, damit er uns sehen kann. Als WIR sicher sein können, dass er UNS bemerkt hat, da winken WIR kurz, wenden UNS ab und verschwinden im Dunkel.

Die Straße ist jetzt wieder still und leer. Irgendwo hoch über diesem Einschnitt baumeln ebenfalls Lampen, aber die geben gerade mal genug Licht, damit man sie am dunklen Himmel entdecken kann. Die Straße selbst, die darin parkenden Wagen und die Eingänge zu den Wohnhöhlen der Menschen bilden eine gleichförmig schwarze Masse wie die zerklüfteten und ausgewaschenen Felswände einer Schlucht. Manchmal, aber nur wenn man ganz genau hinsieht, dann meint man einen grauen Schatten in der undurchdringlichen Finsternis huschen zu sehen. Blitzen für den Bruchteil einer Sekunde zwei gelbe Augen auf. Um sich zu überzeugen, dass WIR keine Beute sind. Und keine Gefahr.

Ja, die Schattenjäger können uns immer sehen, egal welche Form wir wählen, aber das ist eine andere Geschichte.

Daniel Fug sitzt noch immer wie erstarrt in seiner Müdigkeit und kann sich nicht entscheiden. Eigentlich will er nur noch nach Hause fahren, in sein Bett fallen und tief schlafen. Die ungewohnt sanfte Reaktion Giojas auf seine Verspätung hat ihn ebenso verwirrt wie die halbherzige und unvollkommene Befriedigung, die sie ihm gnädigerweise verschafft hat. Fast wünscht er sich, sie hätte überhaupt nichts getan, dann hätte er es in seiner Müdigkeit wahrscheinlich vergessen. So aber pulsiert das Blut in seinem gereizten Glied und fordert wieder Beachtung. Das Objekt dieser Begierde hat sich allerdings in ihre Wohnung zurückgezogen. Nicht weniger verwirrt hat ihn die Gestalt unter der Laterne, die ihn vermeintlich dazu aufgefordert hat zu warten. Und er hat keine Ahnung, worauf er warten sollte. Außer darauf, dass er seiner Müdigkeit endlich Herr wurde.

Trotzdem kann ich Ihnen versprechen, dass WIR nicht vergeblich warten.

Und wirklich, dort in dem Hauseingang hinter der Ecke bewegt sich etwas. Eine Gestalt kommt den Gang herunter und tritt in das diffuse Licht der Straße. Es ist niemand anders als eben Gioja, die diese kurze Zeit benutzt hat, um sich umzuziehen. Um sich etwas Praktischeres anzuziehen. Und jetzt stöckelt sie auf noch höheren Absätzen aus dem Hauseingang, die langen, prachtvollen Beine in schwarzen Strümpfen enden in einem Minirock, der kaum groß genug ist, um die Rundungen ihres kleinen, aber perfekten Gesäßes zu bedecken. Obenherum trägt sie einen weichen weiten Wollpullover, und die Haare hat sie sich streng zurückgekämmt und zu einem Schwanz gebunden.

Sie fragen sich, wie man diese Kleidung als praktisch bezeichnen kann? Nun, die junge Dame weiß genau, was sie will, und für ihr Vorhaben gibt es kaum Praktischeres.

Sie geht langsam die Straße hinunter, so als wäre sie noch unschlüssig. Bis sie bei ihrem Wagen angelangt ist. Sie steigt ein, startet, parkt aus und verschwindet zügig im Dunkel der Stadt.

Ihr kleiner Suzuki Jeep brummt gemächlich und ohne Eile genau dieselbe Strecke, die wenig zuvor schon sein großer roter Bruder genommen hat. Dabei kommt sie an dem parkenden Daniel Fug vorbei, und der kann gar nicht anders, als sie zu bemerken. Die Stadt ist inzwischen ziemlich ausgestorben und es sind nicht mehr allzu viele Wagen unterwegs. Darum kommt sie schneller vorwärts. Auch, weil sie sich nie umsieht. So vergeht nur ein wenig Zeit, bis sie endlich zu dem Restaurant kommt, in dem sie zu Abend gegessen haben. Sie aber parkt nicht wie Daniel Fug vor dem Lokal, sondern in einer kleinen dunklen Seitengasse daneben. Mehr oder weniger gerade rechtzeitig, denn sie braucht nicht zu warten, bis der schwarz gelockte Jüngling aus dem Lokal tritt, um sich auf den Heimweg zu machen. Sie startet den Wagen wieder, fährt hinterher und hält neben ihm an.

Offensichtlich ist er überrascht und benötigt einige Augenblicke, bis er sie in dem dunklen Wagen wiedererkennt, aber dann steigt er umständlich zu ihr, und während sie fährt, versucht er zumindest ebenso umständlich ein Gespräch zu beginnen.

Anfangs war sie noch unentschlossen, ob sie mit zu ihm kommen oder ihn mit zu sich nach Hause nehmen sollte. Beides würde den Zweck erfüllen, zu verschenken, was sie Daniel Fug als Bestrafung vorzuenthalten gedachte. Doch je länger er krampfhaft versucht, Smalltalk zu machen, umso mehr wünscht sie sich, er möge doch endlich den Mund halten. Nun, Schönheit ist leider nur selten mit Intelligenz gepaart. Den Mund hält er aber doch, und zwar sprachlos vor Staunen, als sie ziemlich abrupt in einer dunklen Ecke neben einem Park anhält und Motor und Licht ausmacht. Ohne lange herumzusuchen, fasst sie fest zwischen seine Beine und fühlt dort deutlich, dass ihn diese Situation erregt. Sie sieht ihn an, lächelt, und er ist noch immer viel zu verwirrt, um zu erkennen, dass es ein kaltes, ein selbstsicheres Grinsen ist.

„Weißt du, was ich möchte?", fragt sie ihn leise und sirrend. „Ich möchte, dass du deinen Schwanz aus der Hose nimmst und ihn mir reinsteckst. Dahinein."

Sie fasst nach seiner Hand und führt sie an ihren Schenkel, schiebt sie dort über die erregend knisternden Strümpfe nach oben, bis er begreift, dass sie keinen Slip trägt. Diese Erkenntnis fährt wie ein elektrischer Schlag durch seinen Körper. Aber auch sie selbst ist feucht. So feucht, wie sie schon lange keine Situation mehr gemacht hat. Überrascht registriert sie es, um es gleich wieder zu vergessen. Zu hart pocht sein Ding in ihrer Hand. Also steigt sie aus und stöckelt sich neben den Wagen. Schnell ist er herum und hat seine Hose offen. Einen kurzen Augenblick betrachtet sie die wippende Erektion, die schmalen Hüften und die harten Bauchmuskeln, dann fasst sie nach dem heißen Stab und zieht ihn zu sich. Mit einer für ihn kaum wahrnehmbaren Handbewegung streift sie ihm ein Kondom über und lässt wieder los. Während sie sich an die Tür lehnt, den einen Fuß am Boden und mit dem anderen Halt auf dem Reifen suchend, meint sie noch: „Komm, steck mir endlich deinen Prügel rein und fick mich. Zieh mich durch, bis ich umfalle – und wehe dir, du schaffst das nicht!"

Eine kleiner spitzer Schrei entkommt ihr doch, als er zu hastig in sie eindringt. Und als er den Pullover hochschiebt um sein Gesicht in dem nackten festen Fleisch ihrer Brüste zu vergraben, als er seine Finger in ihre warmen Backen krallt, um sie höher und tiefer zu treffen, als er keuchend wie ein Rasender in sie hineinstößt, da kommt sie bereits zum ersten Mal.

Durch den so angenehmen Schwindel hindurch fühlt sie jedoch, dass er den Aufwand nicht wert ist. Immerhin ist er blank rasiert, jung und muskulös, aber er ist nicht so toll gebaut und, noch schlimmer, er entpuppt sich als ziemlich phantasielos. Zumindest scheint er ausdauernd zu sein. Das nimmt sie einigermaßen wohlwollend zur Kenntnis, als sie sich ihm endlich entzieht. Um sich umzudrehen, um ihm eine kurze Verschnaufpause zu gewähren und ihm dann ihr Hinterteil darzubieten. Damit er von hinten in sie eindringen kann. Sich in ihre Brüste krallt, um sie festzuhalten und dabei seine Hüften rasend schnell gegen ihre Pobacken schlägt. Er beackert ihr weiches Fleisch rücksichtslos und nur auf seine eigenen Gefühle bedacht. Für ihn ist dieser Körper nichts weiter als ein Stück Fleisch, einzig geschaffen zur Befriedigung seiner Lust. Doch so hart, besitzergreifend und rücksichtslos er auch zu ihr ist, das Gefühl der Überlegenheit und der Macht über andere in ihr kann er niemals brechen.

Er ist den Aufwand nicht wert, aber Strafe muss sein. Auch wenn Daniel Fug es niemals erfahren würde, dass das, was ihm gehören sollte, in dieser Nacht ein anderer bekam. Ein Straßengigolo. Der Nächstbeste.

Wie hätte sie wissen sollen, dass gerade mal ein paar Meter von ihnen entfernt ein Lenkrad im Dunkel der Bäume unter den großen Fäusten Daniel Fugs knirscht, so knetet er es. Starr kann er den Blick nicht von den beiden Schatten dort vorne nehmen und muss mitansehen, was er einfach nicht fassen kann. Es war kein Entschluss, ihr zu folgen. Er hatte es nicht geplant. Nicht überlegt, nicht bedacht, nicht entschieden. Er war einfach hinterhergefahren. Vor dem Lokal hatte er noch gemeint, sie habe dort etwas vergessen und wollte es sich noch schnell holen. Oh ja, es gab dort etwas, das sie haben wollte. Und jetzt holte sie sich, wonach ihr verlangte.

Ein flackernder Impuls, auszusteigen und etwas zu zerschlagen, flammt in ihm auf, aber der erlischt sofort wieder. Niemals könnte Daniel Fug jemandem etwas antun. Schon in der Schule war immer er es, trotz seiner Größe, der die Prügel bezog. Immer gab es noch etwas zu bedenken, immer noch etwas abzuwägen, fehlte die Kraft für eine Entscheidung.

Die Schatten bewegen sich, Licht sticht in die Nacht und der kleine Suzuki bewegt sich wieder. Weg vom Park, weg von ihm. Er will folgen, will wissen, aber seine Hände sind so um das Lenkrad verkrampft, dass er nicht im Stande ist, sie zu lösen und nach dem Zündschlüssel zu greifen. Nichts anderes kann er, als auf die Stelle zu starren, wo der kleine Wagen eben noch gestanden hatte. Die Stelle, an der nichts mehr an das erinnert, was eben vorgefallen ist. Nur der kleine weiße Fleck eines Papiertaschentuchs glimmt in der Düsternis.

„Es gibt tatsächlich Leute, die behaupten, diese Welt sei die beste aller möglichen", meinen WIR und lehnen UNS an das halb offene Seitenfenster auf der Beifahrerseite.

Der arme Daniel ist so verwirrt, dass er nicht weiß, wohin er sehen soll. UNS ins Gesicht, auf den leeren Platz vor ihm oder hinter sich, wo er meint, dass WIR hergekommen sein müssten. Jedenfalls ist der arme Kerl so zerrissen, dass er kein Wort herausbekommt.

„Keine Sorge", setzen WIR beruhigend nach. „Niemand hat es gesehen und niemand wird es wissen. Ich werde nichts verraten. Versprochen. Dumm ist natürlich, dass Sie es überhaupt wissen. Ein netter, freundlicher Kerl wie Sie, und dann so etwas. Schon schlimm. Ja, das ist eine böse Welt, diese Welt."

So viel Sarkasmus haben WIR gar nicht in diese Worte gelegt, aber er versteht sehr gut, dass WIR ihn verarschen.

„Was soll das heißen?", braust er auf. „Wer sind Sie, verdammt noch mal?"

Jetzt ist es an UNS, nachdenklich zu nicken. Dann öffnen WIR die Tür und setzen UNS auf den Beifahrersitz.

„Ich beobachte Sie schon eine ganz Weile", beginnen WIR langsam. „Aber Sie haben es bisher vorgezogen, mich nicht zu bemerken. Das ist an sich gar nicht so schlimm und für mich auch kein Problem. Ich bin ja eigentlich auch nicht dazu da, um bemerkt zu werden. Nur dachte ich, im Augenblick wäre es vielleicht sinnvoll, wenn Sie ein wenig Ansprache hätten."

Ein bisschen schwer von Begriff, der liebe Mann. Na ja, WIR wollen mal nicht so sein. In dieser Situation würden wahrscheinlich die meisten Menschen dumm vor sich hin starren.

„Ich will mir ja nicht den Ruf eines Schwarzmalers aneignen", beginnen WIR das Schweigen wieder zu brechen, „aber irgendwie habe ich schon den Eindruck, dass es für Sie nicht so toll läuft. Sie wissen, dass Ihr Job an einem seidenen Faden hängt, Sie wissen, dass Sie mit Ihrer Frau und Ihrem Sohn etwas Großartiges aufgegeben haben, unwiderruflich. Und jetzt diese Geschichte mit der Kleinen – böse, sehr böse. Sie sollten allmählich anfangen, darüber nachzudenken, was für Alternativen Ihnen noch bleiben." Eine Möglichkeit ist, den Kopf gegen die Nackenstütze sinken zu lassen und wegzutreten. Auch eine Möglichkeit.

In jener Zeit, in der unser Autor an diesem Buch arbeitete, begegnete ihm jemand wieder, den er lange Jahre nicht mehr gesehen hatte. So wie er das erste Mal noch alle Überredungskunst hatte einsetzen müssen, um an diesen Mann heranzukommen, so tauchte der diesmal einfach ungefragt auf. Und doch schien es unserem Autor, als wäre dieses Zusammentreffen nicht so zufällig, wie es wirken sollte.

– Ich traf ihn in Wien, wo ich zu jener Zeit lebte. Man mag Wien viele Beinamen geben. Stadt der Musik, Stadt der Hofreitschule, Mozart-Stadt, Baustellen-Stadt, Narren-Stadt, Stadt der alten Bauruinen, Sicher-keine-Weltstadt oder was auch sonst noch. Vieles ist Wien, und vieles ist Wien ganz sicher nicht. Für mich persönlich hat Wien aus seiner Glanzzeit um die Jahrhundertwende, nämlich der um 1900, zumindest eines bewahrt. Möglicherweise lässt sich das auch noch in Prag, Budapest oder Triest finden. Oder an anderen, abgelegeneren Orten des alten Kaiserreichs. Aber kaum wo wird dieses letzte wirkliche Kulturgut so typisch missmutig und geringschätzig gepflegt und gehegt wie in Wien. Die Wiener Kaffeehäuser. Kein anderes Etablissement weltweit kommt auch nur annähernd an diesen mondänen, großbürgerlichen Flair, durchsetzt mit kleingeistigem Mief, heran. Vielleicht noch ein alter englischer Club – aber der ist ja nicht öffentlich.

Wann immer ich also in Wien bin, dann besuche ich möglichst täglich eines von ihnen. Das Eiles etwa mit seinen alternden Schauspielerlegenden und deren fast jugendlichen Fans, das Landmann mit seinen Politikern und deren blond gelockten Praktikantinnen, das Schwarzenberg mit seinen Bürokraten oder das Rathaus mit seinen fast wirklichen Hofratswitwen und den dazupassenden Vermögensberatern. Irgendwo zwischen den allgegenwärtigen Touristen.

Aber bevor ich zu weit abschweife – damals bevorzugte ich das Café Ritter an der Mariahilfer Straße. Wohl auch und in erster Linie, weil es für mich damals das am einfachsten zu erreichende Kaffeehaus war.

Für den Besucher Wiens sei erläutert, dass diese Stadt über ein dichtes Netz an öffentlichen Verkehrsmitteln verfügt. Obwohl so ziemlich alles in der Innenstadt und den angrenzenden Bezirken durchaus auch zu Fuß zu erreichen ist. Wenn man nicht gerade von einem Ende zum anderen muss oder es besonders eilig hat. Oder auf Krücken geht. Oder sich Blasen gelaufen hat. Oder ein Wiener ist.

Das Café Ritter zeichnet sich nun nicht nur durch seine verkehrsgünstige Lage aus, sondern auch durch sein Publikum. Am Morgen und Vormittag sind es Geschäftsleute, von denen ich bei manchen nicht wissen möchte, mit welcher Art von Geschäften sie sich über Wasser halten. Am Nachmittag sind dann auch Damen aller Altersschichten, ermattet vom Einkaufsrummel, zu finden. Ab Mittag aber bis zur Sperrstunde hin bevölkert das Café ein buntes Gemisch aus Künstlern, Existenzialisten und zumeist einfach gestrickten Intellektuellen. In Wien hält man es so wie fast überall anders auch, dass man nämlich durch seine möglichst auffallende Markenkleidung zeigen muss, dass man ein eigenes Individuum ist. Wahrscheinlich, weil man es nicht auf andere Weise beweisen könnte.

Bevor ich mich jetzt aber bei Wienern wirklich unbeliebt mache, will ich endlich von dieser Begegnung erzählen.

Ich saß in besagtem Café Ritter und versuchte vergeblich, meine zarten Augen vor dem beleidigenden Ansturm der aufdringlichen Farben jener alternativen Szene hinter einer Zeitung zu verstecken, als jemand an meinem Tisch stehen blieb.

„Hätten Sie etwas dagegen, wenn ich mich zu Ihnen setze, Mister Gold?"

Ich sah auf und glaubte meinen Augen nicht zu trauen. Als ich diesen großen Mann, der da ohne Eile vor mir stand, das letzte Mal gesehen hatte, da hatten wir in einem Pariser Restaurant gesessen und versuchten uns über etwas zu unterhalten, was wir beide tunlichst nicht beim Namen nennen wollten. Wohl, weil wir es auch nicht konnten.

„Aber keineswegs – setzen Sie sich doch, Monsieur Pensant!", versuchte ich schnell mein Erstaunen zu überspielen; aber an dem leichten Grinsen um seine Mundwinkel erkannte ich, dass er es bemerkt hatte. Nun, warum sollte ich auch nicht erstaunt sein, ihn hier zu sehen?

Christoff Pensant setzte sich und uns entging nicht, dass seine Person einiges Aufsehen und ungläubiges Staunen unter dem unausgeschlafenen Alternativvolk erregte. Jemand, der es verstand, sich unauffällig zu kleiden, konnte doch ganz sicherlich keine Persönlichkeit haben! Er trug wie meist eine einfache dunkelbraune Hose, ein helles weites Hemd und viel zu lange und zu gepflegte Haare, um in ihrem illustren Kreis aufgenommen zu werden. Schon ich allein, berufsbedingt zumeist schwarz gekleidet, war Ärgernis genug.

„Es überrascht mich doch, Sie in Wien zu treffen", brachte ich endlich heraus. „Darf ich mir die Frage erlauben, was Sie hierher verschlagen hat?"

Wieder grinste er, diesmal etwas breiter, und meinte: „Sie dürfen sich die Frage erlauben, aber ich warne Sie, Sie werden über die Antwort erstaunt sein."

„Und diese Antwort wäre?"

„Ich bin in Wien, weil ich Sie einladen möchte, mit mir heute Mittag zu essen."

Tatsächlich glaubte ich nicht richtig gehört zu haben!

„Man hat mir gesagt", grinste er, „dass Sie die Einladung zu einem gepflegten Lunch mit Gespräch niemals ausschlagen."

„Nun, das kommt ganz darauf an", versuchte ich unberührt zu scheinen, „manchmal nehme ich auch eine Einladung zum Dinner an. Bei manchen Personen schlage ich beides aus. Bei Ihnen, Monsieur Pensant, fällt es mir nicht sonderlich schwer, diese Einladung anzunehmen. Allerdings ist es bereits zwölf. Wir sollten uns also beeilen, wenn wir noch einen halbwegs guten Platz in einem entsprechenden Restaurant bekommen wollen."

Meine Anmaßung war in Wahrheit nicht einmal halb so arrogant, wie ich sie gerne gehabt hätte, aber er bemerkte es offensichtlich sowieso nicht. Und er schien es auch nicht besonders eilig zu haben. Während er sich gemächlich erhob, meinte er: „Das Restaurant, in das wir gehen, hat ganz sicher noch Platz für uns. Wir müssen uns also nicht sonderlich beeilen."

Dann sah er mich noch einmal an, grinste breit und auf eine Art, die mich an unsere Jugend erinnerte. Dabei meinte er verschwörerisch: „Im Übrigen, mein lieber ‚Mister Gold', bin ich, auf Grund eines mir völlig unerklärlichen Impulses, durchaus geneigt, Ihnen vorzuschlagen, dass wir uns verabschieden von unserer doch sehr konzentrationsintensiven Wortdrechselei und uns stattdessen unterhalten wie normale Menschen."

Jetzt musste ich wirklich lachen.

„Christoff", meinte ich und legte ihm die Hand auf die Schulter, „das haben wir noch nie geschafft! Liegt, glaube ich, daran, dass wir einfach nicht normal sind."

Auch er lachte, ging voran und, obwohl es Jahre her war, dass wir uns gesehen hatten, flanierten wir beinahe schweigend und gemächlich die große Einkaufsstraße stadtauswärts. Irgendwann bog er in eine der kleinen Quergassen ein, und vor einem Wohnhaus, das sich durch nichts von anderen Neubauten des 20. Jahrhunderts unterschied, hielt er an.

„Das mit dem Restaurant war eine Lüge, Mark. Ich hoffe, du hast nichts dagegen, wenn wir bei mir essen."

Höflicherweise sollte das eine Frage sein, aber so, wie Pensant es aussprach, klang es keineswegs danach. Es war eine Feststellung. Und er erwartete keinen Widerspruch.

Er hatte sich verändert, seit ich ihn das letzte Mal in Paris gesehen hatte. Sicherer schien er geworden zu sein. Fest und verwurzelt in sich ruhend. Mir drängte sich das Bild der Zeder in der Wüste auf, die auch dem Sturm standhält, weil sie selbst der Sand ist, den sie verwandelt hat – vielleicht lese ich auch zu viel vom guten Saint-Exupérie.

Als der Aufzug sich im obersten Stockwerk öffnete, stand bereits gegenüber eine der Wohnungstüren offen und uns erwartete eine Frau.

„Das ist Nin", stellte er sie kurz vor, ging an ihr vorbei und schien sie dann auch wieder vergessen zu haben.

„Es ist mir eine Ehre, Sie begrüßen zu dürfen", meinte die Frau in hartem, zu perfektem Deutsch und verneigte sich leicht. In ihrem asiatischen Gesicht war für mich keine Regung zu erkennen. Und während ich eintrat, verschwand sie auch schon wieder. Eine kleine, fast zierliche Gestalt in einfachen schwarzen Hosen, einer weiten schwarzen Bluse, das schwarze Haar straff zurückgebunden und die kleinen Füße in strapazierfähigen schwarzen Schuhen mit Sohlen aus Bast. Es war so unnötig wie unmöglich, ihren geschmeidigen und präzisen Bewegungen zu folgen.

Das Appartement glich dem ganzen Haus. Das, was man in den siebziger Jahren für modern gehalten hatte. Den Räumen fehlte somit jene imperialistische, luftige Höhe, wie sie denen der Jahrhundertwende eigen waren. Aber die Wohnung war mit großen Fenstern versehen, in hellem Holz eingerichtet, und erschien auch so freundlich und licht. Pensant führte mich in den großen Wohnraum, wo bereits der Tisch für drei Personen gedeckt war.

„Ich hoffe, es macht dir nichts aus, wenn Nin mit uns isst? Es ist schließlich ihre Wohnung."

Diesmal war es wirklich eine Frage. Aber ich beantwortete sie nur mit einem Blick, der ihm zu verstehen geben sollte, dass er mich eigentlich gut genug kennen sollte, um sich diese unnötigen Dinge zu ersparen.

So trat er zu mir ans Fenster, sah ebenfalls einen kurzen Augenblick auf die verwahrlost wirkende graue Straße hinaus und meinte: „Du könntest ja der Meinung sein, dass man gewisse Dinge besser unter vier Augen bespricht. Aber ich habe keine Geheimnisse."

Er ging zurück an den Tisch und wies mir den Platz auf der einen Seite zu. Er selbst setzte sich gegenüber.

„Im Übrigen", fügte er noch hinzu, „sind Geheimnisse nur gut für Menschen, die nicht die Kraft haben, zu sich selbst und zur Wahrheit zu stehen."

„Falls sie fähig sind, die Wahrheit zu erkennen", schränkte ich schnell ein. Wohl auch, um zu überspielen, dass ich es durchaus für möglich hielt, dass dieser letzte Satz vielleicht doch nichts weiter als eine versteckte Anspielung auf meine eigene Schwäche war. Während ich mich setzte, erschien die japanische Frau wieder. Ebenso unhörbar, wie sie verschwunden war. In ihren Händen trug sie eine Flasche und zeigte mir diese wortlos.

„Ein 2012er Riesling Ried Klaus vom Weingut Jamek", sagte Pensant. „Ein Wein, der sehr unterschiedlich bewertet wird. Ich bin neugierig, wie er dir schmeckt."

Inzwischen hatte sie die Flasche geöffnet und eine kleine Pause entstand, als sie Pensant kosten ließ. Endlich schenkte sie mein und sein Glas voll. Für sich selbst goss sie nur wenige Tropfen ein. Um gleich wieder zu verschwinden.

„Ich wusste gar nicht, dass du jetzt in Wien lebst", versuchte ich das Gespräch wieder in Gang zu bringen. Und um meine Neugierde zu befriedigen. Er aber meinte leichthin: „Ich bin nur kurz hier. Um mit dir zu sprechen. Zugegeben unter anderem."

„Und diese Wohnung?"

„Gehört Freunden."

Nach seiner blitzschnellen Antwort trat leichtes, fast peinliches Schweigen ein. Aber da kam sie auch schon wieder mit drei Suppentassen in den Händen. Während sie diese servierte, erklärte sie: „Steckrübensuppe mit Kalbsbriesröschen. Und die Wohnung gehört meinem Lebensgefährten und mir. Es ist uns eine Ehre, Herrn Christoff Pensant als Gast bei uns haben zu dürfen."

Sie sagte das mit jener vieldeutigen japanischen Selbstverständlichkeit, die für einen unbedarften, westlichen Zuhörer oft unterwürfig klingen mag, es aber bei Weitem nicht ist.

Das Kalbsbries war mit etwas Zitronensaft in Salzwasser gegart worden, die Steckrüben waren wirklich püriert und die ganze Suppe mit gesalzener Butter montiert und mit geschlagenem Obers unterzogen. Ich sprach also gewiss keine Lüge, als ich mich lobend äußerte. Wieder entstand eine kleine Pause, während wir uns schweigend an der Suppe gütlich taten. Nicht, dass meine Neugierde nicht inzwischen fast ins Unermessliche gewachsen wäre. Aber inzwischen gingen mir seine Spielchen auf die Nerven, und das Einzige, was ich tun konnte, um ihn aus seiner überheblichen Reserve zu locken, war, nicht auf meine Neugierde zu hören.

Tatsächlich war es diesmal Pensant, der das Gespräch wieder in Gang brachte.

„Natürlich ist es schon so, dass ich die moralische Abstumpfung, die bei den Menschen besteht, für bedenklich erachte. Zumal sie immer weiter um sich greift. Mich würde aber vor allem interessieren, von welcher Art Voraussetzungen du ausgehst, dass sowohl das Opfer sich töten lässt als auch, dass der Leser überhaupt geneigt ist zu töten", meinte er und erreichte damit zumindest, dass ich überrascht den Löffel sinken ließ.

„Wie bitte?", hörte ich mich verwundert stammeln und hatte doch schon eine dunkle Ahnung, worauf er hinauswollte. Aber wie, bei allen Geheimnissen des großen Waldes, konnte er von dem ungelegten Ei wissen?!

„Nun", grübelte er halblaut weiter, während er an seiner Suppe löffelte, „wir wissen doch, dass bei Menschen eine grundlegende und natürliche Abneigung vorhanden ist, sich töten zu lassen. Und ebenfalls – wenngleich auch um vieles schwächer ausgeprägt – eine Abneigung, andere zu töten. Es würde mich daher wirklich interessieren, wie du gedenkst, diese Abneigungen zu überwinden."

Sorgfältig holte ich den letzten Rest aus meiner Tasse, legte den Löffel zur Seite und sah aufmerksam von einem zur anderen. Die Frau hatte kaum gegessen und schien in die Betrachtung des Tisches versunken. Und auch Pensant legte die Aufregung und das Interesse eines phlegmatischen Lords an den Tag.

„Ich muss dir zustimmen", begann ich vorsichtig, „dass es so etwas wie eine natürliche Abneigung gegen das Töten beim Menschen gibt. Andererseits bin ich aber auch vollkommen davon überzeugt, dass jeder Mensch durchaus fähig ist zu töten. Wenn ein ausreichender Grund vorhanden ist. Zum Beispiel, wenn die Gefahr für die eigene Person groß genug ist."

„Das ist eine rein vegetative Motivation, wie man sie überall in der Natur finden kann", unterbrach er, während sie die Tassen abräumte.

„Aber man kann diese Motivationen nun mal finden. Damit wäre diese Problematik geklärt."

„Tja", meinte er mit Bedacht und nicht gerade überzeugt, „mit dieser Motivation könntest du durchaus Erfolg haben. Oder auch nicht, wer weiß? Aber du hast doch sicher noch etwas anderes auf Lager, wie ich dich kenne."

„Natürlich gibt es beim Menschen auch noch andere Arten der Motivation zu töten", grinste ich freudlos. „Ein Mensch tötet ohne jede Hemmung eine Spinne, die über eine Wand kriecht. Er verletzt eine Blume tödlich, wenn er sie köpft, um sie in eine Vase zu stellen. Oder einen Pilz, wenn er dessen Genital abschneidet. Und er tut das alles ohne den geringsten Anflug eines Gefühls der Schuld – weil er nicht begriffen hat, dass alles Leben sterblich ist. Weil er seine eigene Sterblichkeit nicht wahrhaben will. Die Tötungshemmung fällt also sofort, wenn der Mensch meint, sein Gegenüber sei zu keinen Gefühlen fähig, sprich, es sei nicht menschlich. Die Kriege und die Kriegspropaganda der Menschen erzählen davon Bände."

Pensant nickte und schwieg.

„Damit hätte ich zwar die Hemmung aufgelöst, aber immer noch kein Motiv. Der Mensch benötigt aber ein Motiv, um überhaupt irgendetwas zu tun. Nun gibt es aber ein Motiv, und zwar eines, dass dem Menschen allein eigen ist, das in der Tierwelt nicht, jedenfalls nicht so ausgeprägt, vorkommt", führte ich weiter aus.

„Nämlich der Reiz, Macht über einen anderen ausüben zu können. Beim Menschen geht es nicht mehr darum, der Erste an der Futterstelle zu sein, sondern Macht allein um der Macht willen. Und die endgültigste Form der Machtausübung ist die Macht über Leben und Tod. Wobei außerdem noch zu bedenken ist, dass dieser Reiz in dem gleichen Maße stärker wird, wie die Wahrscheinlichkeit der möglichen Entdeckung abnimmt."

Sie kam mit drei Tellern zurück und präsentierte: „Kleines Steak vom Styria-Rind, medium, mit englischem Gemüse und Bratkartoffeln."

Nur auf seinem und meinem Teller lag ein Stück Fleisch. Auf ihrem etwas, das so ähnlich aussah, aber offensichtlich nur aus Reis und Tofustückchen bestand. Und auch unser Gemüse war keineswegs so englisch, dass es zu einer formlosen Masse zerkocht gewesen wäre.

„Und was sagst du zu dem Wein?"

Ich kostete noch einmal, aufmerksamer, und ließ den Schluck langsam auf der Zunge zergehen.

„Ein deutliches Aroma und ein rassiger, würziger Geschmack. Ich finde, ein ausgezeichneter Wein. Aber du solltest eigentlich wissen", fügte ich hinzu, „dass ich kein Weinkenner bin. Für mich gibt es eigentlich nur zwei Sorten: die, die ich mag, und die, die mir nicht schmecken. Schließlich bin ich nur Amateuralkoholiker."

„Und wie schmeckt es dir, dass alle Menschen – deiner Meinung nach – potentielle Mörder sind?"

„Ach Christoff, du weißt so gut wie ich, dass die Fähigkeit zu töten keineswegs a priori eine schlechte Eigenschaft ist, sondern eine normale biologische Fähigkeit, die der Arterhaltung dient. Bei allen Arten, also auch beim Homo. Wir essen Steak! Bei dem leisesten Anflug eines Gedankens, wie das produziert wird, müsste einem der Bissen im Hals stecken bleiben. Trotzdem verdrängen wir und essen. Was das Töten selbst angeht, da allerdings – die Spielarten und die Häufigkeit des Einsatzes dieser Fähigkeit durch die Gattung des Homo ist, gelinde gesagt, bedenklich."

Hier sah selbst sie für einen kurzen Augenblick interessiert von ihrem Teller auf, senkte aber den Blick schnell wieder, als sie erkannte, dass ich es bemerkt hatte. Unbekümmert, aber mit einem leicht spöttischen Grinsen um die Mundwinkel säbelte der große Mann mir gegenüber an seinem Steak.

„Ich nehme an, du bist inzwischen dahintergekommen, dass man Probleme mit seinen Mitmenschen bekommen kann, wenn man die Menschheit als Tiergattung bezeichnet."

„Ich habe die Erfahrung gemacht", antwortete ich und kappte einen Teil des butterweichen Steaks mit einem Schnitt, „dass sich Menschen die unglaublichsten Horrorvisionen ansehen können, ohne mit der Wimper zu zucken. Nur die Wahrheit ist immer noch unerträglich für sie."

Für einen Augenblick war es still, aber Pensant aß nicht weiter. Einen Moment lang sah er nachdenklich zum Fenster hinaus.

„Die Wahrheit …", begann er leise, wie für sich selbst, aber er brach ab und widmete sich wieder seinem Essen.

„Wenn du es genau wissen willst, dann könnte man es auch einfacher und anders ausdrücken", begann ich wieder. Und es war mir inzwischen durchaus klar geworden, dass er von meiner Geschichte über das tätliche Lesen sprach. Auch wenn ich nicht den leisesten Schimmer hatte, wie er davon hatte erfahren können. „Ich bin fest davon überzeugt, dass die meisten, wenn nicht alle Leser den Mord an dem von mir ausgewählten Opfer ausführen werden. Nicht, weil sie darin einen Sinn sehen. Auch nicht, weil sie vielleicht mordlüstern, blutrünstig, gewalttätig oder pervers wären. Nein. Ich gehe davon aus, dass es ganz normale, moderne Menschen sein werden, die diese Geschichte lesen. Und genau das ist der springende Punkt. Es sind moderne Menschen. Gelangweilt, blind und entwöhnt jeden Gefühls für Zurückhaltung. Sie werden Schritt für Schritt machen, Seite für Seite lesen – bis es zu spät ist. Und wenn es sie dann belasten sollte, so werden sie jammern, wie ungerecht das Ganze ist. Aber das Leben ist nun einmal ungerecht, weil es niemals gerecht war. Zumindest nicht auf der Ebene dessen, was Menschen verstehen können. Die Menschen aber, soweit sie auch davon entfernt sind, die Ordnung des Lebens zu erkennen, versuchen diese Ordnung zu verstehen und fühlen in ihrem Unverständnis doch nur Ungerechtigkeit. Und sie fühlen diese unbestimmte Angst vor dem Chaos. Deshalb versuchen sie mit allen möglichen und unzulänglichen Mitteln, Gerechtigkeit künstlich herzustellen. Das, was sie im Augenblick gerade unter Gerechtigkeit verstehen. Diese Versuche müssen natürlich im Dilemma enden, da menschliche Gerechtigkeit kein natürlicher Zustand ist, kein dauerhafter und schon gar kein allgemein gültiger. Und weil Menschen vom Gleichgewicht der Dinge keine Ahnung haben. Tief in unserem Herzen aber sind wir Menschen verständlicherweise dem Leben verhaftet – und damit in den Augen der anderen ungerecht."

„Und weil das Leben ungerecht ist", setzte Pensant fort „ist die menschliche Gerechtigkeit zur Blindheit verurteilt. Ebenso wie man blind vor Hass oder blind vor Wut sein kann. So ist die Menschheit an sich blind vor Unwissenheit. Der einzelne Mensch trifft es also schlecht, wie in anderem Zusammenhang ja schon Shakespeare behauptete: ‚Die Lieb' ist blind …'"

„‚… drum zielt sie freilich schlecht.' ‚Romeo und Julia', wenn ich mich nicht irre."

„Du irrst dich nicht. Aber wenn du die Absicht hast, deine Leser im Unklaren darüber zu lassen, dass sie für diese Tat verantwortlich sind, wenn du sie erst danach aufklären willst, dann ist das tatsächlich unfair. Deine Leser hätten dann keinerlei Möglichkeit, sich dagegen zu entscheiden."

Ich schüttelte den Kopf, weil dies einer der wenigen Punkte war, über den ich mir bereits ernsthaft Gedanken gemacht hatte.

„Nein, keine Angst. Das Buch wird seinen Lesern von vornherein sagen, was sie erwartet und welche Verantwortung sie tragen. Und auch, wie sie dem ein Ende bereiten können. Mit Blindheit habe ich etwas ganz anderes gemeint. Ich habe damit darauf hinweisen wollen, dass sie zwar durchaus wissen werden, welche Folgen ihre Handlungen nach sich ziehen, aber sie werden es nicht wahrhaben wollen. Sie werden ihre Augen davor verschließen. Weil die Welt sie gelehrt hat, die Augen zu schließen, wenn etwas um sie herum geschieht, was sie verwirren könnte. Denn die Fähigkeit zu sehen, das ist bei Weitem mehr als das einfache Erkennen von Farben und Formen, von Umrissen, Figuren und Bewegungen. Dazu sind alle Lebewesen fähig, sofern sie über halbwegs gesunde Sinne verfügen. Aber das ist nur die erste Hälfte des Sehens. Erst hinter den Augen, im Gehirn, dort müssen diese Eindrücke, Farben, Symbole und Reize dann übersetzt werden in Informationen und Ansichten, in Gefühle, in Eindrücke und Erkenntnisse. In Gedanken. Die Menschen sind aber nicht fähig, in einem möglichst vollkommenen und umfassenden Zusammenhang zu denken. Menschen denken nun einmal punktuell und – vielleicht, im besten Falle – linear. Von vernetztem Denken oder gar fraktal-bionischem Denken will ich gar nicht sprechen. Davon sind die heutigen Menschen noch sehr weit entfernt."

Wann immer ich mit solchen Ausdrücken und Ansichten um mich werfe, dann ernte ich dafür meist bösartigen Widerspruch oder zumindest ungläubiges Staunen. Pensant aber saß nur ruhig da und lächelte sarkastisch, wie es Menschen tun, denen etwas erzählt wird, das sie schon längst wissen. Und auch die schweigsame Frau räumte völlig ungerührt das nicht mehr benötigte Geschirr ab.

Sie hatte auch diesmal ihr Essen kaum angerührt.

Geradezu gemächlich griff Pensant nach seinem Glas, ließ den Wein ein wenig kreisen und betrachtete versonnen das goldfarbene Glitzern. Endlich hob er den Kopf und sah mich an.

„Markus Gold", begann er ebenso bedächtig, wie der Wein kreiste, „deine Ansichten über die Evolution und die augenblickliche Stellung des Menschen in dieser Entwicklung sind mir bekannt, aber jetzt nicht unser Thema. Wenn ich dich also richtig verstanden habe, dann glaubst du, dass deine Leser das Opfer töten werden. Teils aus Neugierde, teils aus Unglauben. Vielleicht auch aus Gewöhnung an Gewalttaten und Unverständnis. Und ein wenig Sensationslust und eine kleine Freude am Unglück eines anderen sind auch dabei. Sehe ich das richtig?"

Der Wein schmeckte wirklich vorzüglich und ich schenkte uns nach, während ich gestand: „Du kommst meiner Absicht sehr nahe. Aber ich bin sogar noch eine Spur hinterhältiger, als du annimmst. Den Mord selbst wird es technisch gar nicht geben, nicht als solchen. Nicht als nachweisbar willentliche Handlung im kriminologischen Sinne. Wenn schon, dann werde ich ihn begehen. Als Buch, wenn du so willst. Dem Leser kommt dabei nur die Rolle des Gewissens zu. Er kann und muss entscheiden, ob er sich diese ganze Geschichte tatenlos ansieht oder ob er sie unterbindet. Sagen wir, es ist eine Art von Spiel. Wer hat die besseren Nerven? Der Leser – oder die Leserin – braucht gar nichts weiter zu tun, als sich zurückzulehnen und gemütlich weiterzulesen, um diesen Mord zu ermöglichen. Sie müssen nicht aufstehen, nicht aus dem Haus gehen, müssen keine Waffe in die Hand nehmen und sich keiner Gefahr aussetzen. Und, wie gesagt, ich bin überzeugt davon, dass dem Buch viele, sehr viele, die Möglichkeit, den Mord auszuführen, auch geben werden. Die meisten werden es danach bestreiten. Werden Ausreden erfinden, Erklärungen. Natürlich, denn niemand kann es ihnen beweisen. Nicht einmal ich. Aber ich weiß, sie werden es tun. So wie sie immer zusehen, oder im besten aller Fälle wegsehen, wenn etwas geschieht, das die Courage der Menschen erfordern würde. Es ist so viel einfacher, nichts zu tun!"

Die japanisch wirkende Frau erschien wieder in ihrer lautlosen Art. Diesmal trug sie aber nur zwei Teller. Einen für ihn und einen für mich. Sie selbst verneigte sich, entschuldigte sich dafür, uns verlassen zu müssen, und verschwand.

„Gebrannte Vanillecreme mit Zitrusfrüchten?", fragte ich, obwohl mir eine ganz andere Frage auf der Zunge lag. Und Pensant verblüffte mich wieder einmal. Indem er meine Frage beantwortete. Die, die ich nicht gestellt hatte.

„Sie ist nicht angestellt, um meinen Haushalt zu führen. Ebenso wenig, wie sie oder ihr Freund verpflichtet wären, mich bei sich aufzunehmen", erklärte er. „Und ich weiß auch nicht, wer Nin dafür bezahlt, dass sie für mich sorgt, und wer ihr das Geld gibt, mit dem sie die Rechnungen begleicht. Falls sie überhaupt Geld bekommen. Die beiden empfinden es doch tatsächlich als Ehre, mich als Gast bei sich zu haben. Ja, ich glaube fast, sie würden mich auch bei sich bleiben lassen, wenn niemand meine Rechnungen bezahlen würde."

Unwillkürlich musste ich eingestehen, dass es auch mir nicht sonderlich schwergefallen wäre, diesen Mann als Daymo, als japanischen Fürsten über Leben und Tod anzuerkennen. Und ich gehöre doch eher der aufmüpfigen Sorte Mensch an. In seiner Art hatte er viel von einem solchen Fürsten. Aber dass er nicht wusste, woher das Geld kam, mit dem er seinen Lebensunterhalt bestritt, das kaufte ich ihm doch nicht so ganz ab. Erst sehr viel später sollte ich begreifen, dass es ihn tatsächlich nicht interessierte. Weil es ihm vollkommen egal war, ob er Besitz hatte oder nicht. Weil es Menschen gibt, die über diese Art von Kleinigkeiten hinwegsehen. Beneidenswert!

„Im Übrigen hast du recht. Gebrannte Vanillecreme mit Zitrusfrüchten. Es macht ihr Spaß, sich ab und zu in der westlichen Küche zu versuchen, darum bestand sie auch darauf, dass ich dich hierher einlade. Und ich muss sagen, sie ist sehr geschickt.

Aber lassen wir diese grauenvolle Geschichte von einem sinnlosen Mord und einem Mörder aus Gedankenlosigkeit. Erzähl mir etwas anderes, Mark."

„Und was möchtest du hören?", staunte ich.

Er hob den Kopf, sah fast verträumt zum Fenster hinaus, so wie Katzen es tun, wenn sie die Dinge der anderen Welt sehen, und meinte dann leise und langsam: „Erzähl mir so etwas wie ein Märchen aus längst vergangener Zeit. Erzähl mir von – von einer alten Burg. Von einem großen Innenhof, von einem Brunnen und von dem Baum neben dem Brunnen in einer Welt, in der es keine Bäume mehr gibt."

Dass ich an dem Orangenstück nicht erstickt bin, ist eigentlich ein Wunder. Ich hustete, würgte und meine Augen tränten.

„Erzähl mir, warum man diese Burg das Alte Zentrum nennt."

Halb erstickt vom Hustenanfall und verschwommen durch die Tränen in meinen Augen sah ich sein Gesicht, sah ich seinen Blick hart und kalt wie in Granit gemeißelt auf mir ruhen. Und irgendwie schien es mir, als wäre er noch gewachsen.

Sieht so aus, als hätte sich mein nicht allzu geliebter Autor wieder mal herzlich in die Nesseln gesetzt.

Geschieht ihm ganz recht!

Ich unterbreche seine Erinnerungen hier aber mal. Auch, weil das mit der alten Geschichte eben eine ganz andere Geschichte ist. Und hier niemanden interessiert. Aber die Zeit schreitet voran, und das ist eben einer der Nachteile des tätlichen Lesens.

Wie dem auch immer sei, WIR sollten daran denken, jetzt mal mit unserer Handlung etwas weiterzukommen. Nun, Alex, erinnern Sie sich noch, wo WIR in die Vergangenheit abgetaucht sind?

Gioja Rosza haben WIR verlassen, als sie sich gerade über der Motorhaube ihres Wagen festnageln ließ. Oder soll ich sagen, fest nageln? Dem Jungen hat das sichtlich gefallen und der ackerte dafür auch wie ein Besessener. Sie selbst war da etwas geteilter Meinung. Nicht, dass sie nicht ihr Vergnügen gehabt hätte, das wusste sie sich schon zu holen. Zumal der Bursche, dank seiner Jugend, über eine durchaus bemerkenswerte Ausdauer verfügte. Über eine solche Ausdauer, dass sie beinahe klein beigegeben hätte. Immerhin war er zumindest in dieser Beziehung eine Abwechslung. Aber wenn das Gefühl für den Partner noch nicht entwickelt ist, wenn man nur über Kraft und Ausdauer verfügt, dann kann selbst die eindringlichste Bewegung zur Monotonie und damit langweilig werden. Insofern fühlte sie sich zwar müde und wund, als sie in ihr Bett fiel, sie fühlte sich erleichtert und schwer, aber noch immer ein wenig unbefriedigt. So tief er auch in sie eingedrungen war, jenen heißen, glühenden Kern, den sie in sich fühlte, den hatte er nicht berührt. Aber das war noch keinem gelungen.

WIR aber sollten uns mehr um den Mann kümmern, dem unser eigentliches Interesse gilt.
Daniel Fug hatte es irgendwann doch geschafft, aus seiner Erstarrung aufzuwachen und seinen Wagen zu starten. Er war, kaum zuhause angekommen, in sein Bett gefallen und eingeschlafen. Und er schläft noch immer. Wie ein kleines Kind liegt der riesige Mann auf dem Rücken, die Arme weit von sich gestreckt, und atmet leise und gleichmäßig. Lassen WIR ihn noch ein wenig schlafen, bevor WIR uns weiter mit ihm beschäftigen. Es ist ja sowieso der letzte ruhige Schlaf seines Lebens.
Ja, Daniel Fug, du wirst nie wieder so ruhig und sorglos schlafen!

Wenn man nur den legeren Mann in Lederjacke und Turnschuhen kennt, dann ist man überrascht, wenn man seine Wohnung betritt. Weit und geräumig ist sie. Modern eingerichtet in Stahl, Plexiglas und schwarz lackiertem Holz. Mit kalten, harten Steinböden, die in den hohen Räumen ohne Schmuck hallende Schritte erzeugen. Große Glasflächen schließen die Stadt mit ihren bröckelnden Mauern und staubigen Straßen aus. Und, natürlich, wie könnte es anders sein? Aufwendige Elektronik aus den Bereichen HiFi, Television und Multimedia in allen Räumen. Ebenfalls nicht fehlen darf der unvermeidliche Computer auf dem Schreibtisch im Arbeitszimmer. Er bleibt auch das einzige Möbelstück, dem die Putzfrau nicht resolut zu Leibe rückt. Und es ist eben dieser Putzfrau und ihrem unermüdlichen Fleiß zu verdanken, dass die ganze Wohnung kalt und glitzernd und unbewohnbar wie eine Kulisse wirkt. Nur einen einzigen Ort gibt es, an dem der Besitzer diese Wohnung beständig auf ein menschliches Maß reduziert. Die Küche. Dort darf er kleckern und machen, sofern er zuhause ist. Darf dann das schmutzige Geschirr stapeln, anstatt es in den Geschirrspüler zu packen. Und auf den nächsten Besuch der herrischen Putzmittelfee warten. Jedenfalls schade um die Wohnung. Ob wohl seine geschiedene Frau nach der Erbschaft die Wohnung behält oder ob sie diese weiterverkauft? Zumindest ist sie größer als ihr kleines Haus – wenn auch ohne Garten. Also, wenn Romana Fug diese Wohnung nach seinem Tod behält, dann bin ich mir ziemlich sicher, dass sie sie erst mal völlig neu einrichten wird. Man muss ja wirklich schon Techniker sein, um hier leben zu können. Nichts gegen funktional und minimalistisch, aber man kann es auch übertreiben.

Aber von der Wohnung zurück zu ihm selbst.

Da schläft er nun ruhig und friedlich. Mehr oder weniger zufrieden mit sich und der Welt. Dank seines Schlafdefizits der letzten Tage konnte er das Erlebte ausblenden und sein Körper hat erst mal nur nach seinem Recht verlangt. Die vegetative Natur ist da um vieles klüger als der Verstand der Menschen. Der hätte jetzt lieber gegrübelt, sich gequält und in düsteren Vorstellungen gesuhlt. Wäre auf der Spirale der negativen Gedanken abwärts in die schwarze Verzweiflung gerauscht. Aber wie so oft ist der Bauch klüger als das Hirn. Und so liegt er jetzt flach und hat keine Ahnung, dass sein Mörder neben seinem Bett steht und ihn beobachtet.

Sie meinen, WIR sollten es hinter uns bringen?

Gut. Die Frage ist nur – wie?

Auf dem Schreibtisch im Arbeitszimmer habe ich eine große lange Schere gesehen. Vielleicht damit? Oder mit einem der netten Messer aus der Küche? Das gibt zwar eine mächtige Sauerei, aber bei all den glatten Flächen lässt sich das schnell reinigen. WIR könnten ihn auch mit einem Polster ersticken. Gas hat er keines, das WIR aufdrehen könnten, und ob diese Wohnung mit all dem Stahl und Glas und Stein wirklich brennt, bin ich mir nicht so sicher.

Nun, das alles wären Möglichkeiten, und wenn WIR noch ein wenig weiterüberlegen, dann würden uns sicherlich noch ein paar dieser Nettigkeiten einfallen. Aber habe ich nicht schon zuvor einmal gesagt, dass WIR uns mit dieser Art von primitiven Methoden nicht abgeben? Na eben.

UNS stehen ganz andere Möglichkeiten offen. Schließlich sind WIR metareal – ach, was für ein schönes Wort!

Und weil wir gerade von Möglichkeiten reden, dann muss ich Sie auch gleich wieder daran erinnern, dass in Wahrheit alles nur von Ihnen abhängt, Alex. Ich werde tun, was ich tun muss, weil dieses Buch nun mal davon handelt. Sie aber haben die vollkommene Kontrolle. Es liegt nur an Ihnen, ob es geschieht oder nicht. Alles können Sie kontrollieren. Nur über eines werden Sie sich niemals klar werden können – ob das hier wirklich nur eine Geschichte ist. Oder vielleicht doch die Realität.

Und, ja, auch das ist ein Grund, warum ich nicht selbst Hand anlegen werde. Denn dann hätten Sie die Möglichkeit, nicht zu glauben.

Aber sehen Sie, seine Augen unter den Lidern beginnen sich stärker zu bewegen. Er kommt aus dem Tiefschlaf und geht jetzt wieder über in die REM Phase. Das heißt, er wird gleich träumen. Eigentlich wäre es jetzt wirklich allmählich an der Zeit, dass WIR uns ordentlich vorstellen. Zumindest sollte er doch wissen, mit wem er es zu tun hat.

Sehen WIR uns also an, was so ein Mensch wie er denn eigentlich träumt.

Was wundern Sie sich?
Sagte ich nicht eben, WIR wären metareal?

Oha, sieht so aus, als wären WIR hier in einen nicht gerade angenehmen Traum geschlittert. War ja aber auch nicht zu erwarten. Obwohl, so außerordentlich fremdartig kommt mir diese Stadt gar nicht vor. Wirkt halt eben wie eine Kulisse. Und abschreckend ist sie, wenn man sie genauer betrachtet, eigentlich auch nicht gerade. Es sieht hier aus wie in einer Straße einer riesigen futuristischen Stadt. Aber die Straße, in der WIR stehen, ist umgeben von Dingen, die nur auf den ersten Blick wirken wie hohe Gebäude und eigenwillig geformte Wolkenkratzer. Das riesige Ding hier drüben ist ein Chipsockel und die spitzen Hügel weiter vorn sind Lötkontakte. Keine Häuser und Wolkenkratzer, sondern Chips, Transistoren und Steckmodule ragen in einen grauen Himmel. Sieht mir fast so aus, als wären WIR beträchtlich geschrumpft in einem elektronischen Gerät gelandet. Hoffentlich in keinem Computer. Die können manchmal ganz schön unfreundlich sein. Und irgendwo zwischen all den Schaltkreisen, Kontakten und Modulen muss unser Freund herumirren. Sonst wären WIR nicht hier. Es ist nur verwunderlich, dass WIR ihn nicht sehen können. Normalerweise erlebt man einen Traum immer so, als wäre man das Zentrum aller Dinge. Denn wie kann er eine Landschaft sehen, in der er nicht ist?
„Komm jetzt endlich her!"
Ah, diese Stimme kenne ich doch. Da ist er ja, UNSER Freund Daniel. Er versteckt sich wohl hinter dem nächsten Modul. Sehen WIR mal um die Ecke.
Also, Sie werden es nicht für möglich halten, aber er ist gerade dabei, einen 48-poligen Kabelstecker auf der Printplatte einzulöten, und das gestaltet sich etwas schwierig. Auch, weil man diese Dinger normalerweise nur einsteckt und nicht lötet. Aber dieser Stecker ist zudem noch lebendig, groß wie ein Kalb, hat zwei riesige Kulleraugen, ein Maul voller dolchscharfer Zähne und eben

48 Beine – und verständlicherweise ist er keineswegs sonderlich erfreut darüber, dass jedes dieser Beinchen jetzt in ein kleines Loch gesteckt und dort festgelötet werden soll. Unser Freund, selbst kaum größer als das Bauteil, versucht ihn festzuhalten und einzulöten. Mit einem viel zu großen Lötkolben, den er kaum halten kann. Das also ist der Albtraum eines Computertechnikers. Auf jeden Fall ist er wesentlich größer als WIR. Das ist ein Umstand, den man schnell und problemlos ändern kann. Dazu benötigen WIR nicht einmal UNSERE ureigensten Fähigkeiten, dazu genügen die normalen Gesetze der Traumwelt – mein Wille ist das Gesetz.

So sieht es hier auch gleich viel angenehmer aus. Nichts ist mehr geblieben von der futuristischen Stadt. Jetzt gleicht das Ganze mehr einer weitläufigen Lagerhalle, die mit allerlei Kisten und Gerümpel vollgerammelt ist. Und der Mann dort vorn müht sich noch immer damit ab, das vielbeinige Tierchen festzuhalten und zu verlöten. Allmählich gerät er dabei ganz schön ins Schwitzen, und wenn es ihm endlich gelingen würde, eines der vorderen Beine des Tierchens zu verlöten, dann könnte es sich nicht andauernd aus seinen Händen winden und nach ihm schnappen. Schon wieder fällt ihm der viel zu unhandliche Lötkolben zu Boden und er muss sich danach bücken, während das Biest nach seiner Schulter schnappt. Er wehrt es ab, bekommt den Kolben zu fassen und richtet sich wieder auf. Da entdeckt er UNS. In seiner Überraschung lässt er das Biest ein wenig los. Sofort fährt es herum und schlägt die messerscharfen Zähne in seinen Oberschenkel. Er schreit auf, mehr aus Überraschung als vor Schmerz, und versucht das Tier abzuschütteln. Das aber verbeißt sich immer mehr in sein Bein und er zerrt so lange wütend daran herum, bis auch die schon angebrachten Lötstellen wieder losbrechen und das Biest plötzlich frei ist. Kaum fühlt es seine wiedergewonnene Freiheit, da lässt es auch sofort seine Beute fahren und sucht eiligst das Weite. Wenn auch etwas humpelnd, denn an einigen seiner dürren Beinchen pappen noch immer dicke Klumpen Lötzinn.

Vor UNS auf dem Boden kauert Daniel Fug und versucht mit beiden Händen die klaffende Wunde an seinem Bein wieder zu schließen.

„Einfangen!", murmelt er. „Ich muss es einbauen. Ich muss das Scheißding einbauen!"

„Warum ist das so wichtig?", erlauben WIR UNS zu fragen und er sieht UNS erstaunt an.

„Weil ich – weil ich – es tun muss", stammelt er, verwirrt über die Sinnlosigkeit UNSERER Frage. Ich vergaß, dass wir uns hier in einer Traumwelt befinden, in der es kein Warum und keine Begründungen gibt. Wenn er meint, es sei wichtig, dann ist er davon auch felsenfest überzeugt. Niemand hinterfragt in einem Traum, warum man etwas tut – wieder so ein Gesetz. Rund um sein Bein hat sich allmählich eine dunkelrote Lache gebildet und zwischen seinen Fingern quillt in rhythmischen Stößen immer neues Blut hervor.

„Ich glaube fast, dass Sie im Augenblick andere Probleme haben, Daniel Fug", meinen WIR, immer noch gegen das Gebilde hinter UNS gelehnt.

Langsam wandert sein erstaunter Blick an UNS hinunter, über den Boden, bis er auf sein Bein trifft. Und mit einem Mal ist der Schmerz da, der Schock und die Gewissheit.

„Hilfe! So helfen Sie mir doch!", brüllt er los. „Ich verblute! Warum tun Sie denn nichts? Helfen Sie mir doch!"

„Sie werden nicht verbluten", versuchen WIR ihn zu beruhigen, aber der Mann ist viel zu gefangen in seiner Panik. Die scheinbare Realität um sich herum kann er nicht als eben nur scheinbar entlarven. Er heult und brüllt, als würde er lebendig geröstet, und das geht doch ziemlich an die Nerven. Also gehen WIR hin und beugen UNS über ihn.

„Sie können nicht verbluten, Daniel Fug. Verstehen Sie, es ist nur ein Traum. Sie können nicht verbluten!"

Aber er ist nicht mehr ansprechbar. Gleich brüllt, gleich stammelt er unzusammenhängendes Zeug, gleich flennt er und ist außer sich vor Panik. Auf der einen Seite kann es UNS eigentlich egal sein und ist es das natürlich auch, auf der anderen ist es aber auch die reinste Verschwendung von Zeit. Also werden WIR seinen unmelodischen Schwanengesang etwas verkürzen.

WIR packen an, reißen seine Hände von dem Bein, so dass die Wunde wieder dunkelrot aufklafft, und schlagen darauf.

Ruckartig und mit einem Aufschrei fährt der Mann hoch und starrt vor sich in das Düster. Tastend fährt seine Hand unter die Decke, sucht nach seinem Oberschenkel und befühlt ihn vorsichtig, aber ohne die befürchtete Wunde zu entdecken. Endlich entschließt sich Daniel Fug, Licht zu machen. Er schlägt die Decke zurück und betrachtet entgeistert sein gesundes, völlig unverletztes Bein. Vorsichtig streicht er immer wieder über die Stelle und kann es sichtlich noch nicht so ganz fassen, keine klaffende Wunde zu entdecken. Der Schock sitzt tief in seinen Knochen, das Shirt klebt an seinem Körper und sein Herz kommt aus der hämmernden Panik nur allmählich zur Ruhe.

„Ich sagte doch, dass es nur ein Traum ist. Und falls Sie sich jetzt einen Drink machen wollen, dann dürfen Sie mir auch einen anbieten."

Er schreckt zusammen, fährt herum und fällt dabei fast aus dem Bett. WIR lehnen diesmal an einer Kommode und sehen ihm zu, wie er versucht zu verstehen, was hier vor sich geht. Aber das braucht. Und das dauert – und es dauert – und es dauert – und es wird irgendwann langweilig, nur angestarrt zu werden. Darum lösen WIR UNS, marschieren durch den Türstock und fragen: „Also ich mache mir jetzt einen Drink. Möchten Sie auch einen haben?"

Er schüttelt nur stumm den Kopf mit dem noch immer offenen Mund und sieht UNS nach, wie WIR das Schlafzimmer verlassen, um UNS im Wohnzimmer an die Bar zu begeben. Hinter den großen Glasfronten, über der Stadt, hat der bewölkte Himmel inzwischen viel seiner Dunkelheit verloren und das graue Licht modelliert die Umrisse der Dächer und Schornsteine.

Allmählich kommt er hinterhergedackelt, bleibt starrend unter der Tür stehen und schafft es nur langsam, ein paar Worte über die Lippen purzeln zu lassen.

„Sie – Sie waren in meinem Traum?!"

„Natürlich war ich dort. Wäre ich nicht dort gewesen, dann hätte ich Sie nicht ablenken können und Ihr niedliches Tierchen hätte Sie nicht gebissen. Sie sehen also, ich war nicht nur dort, ich kann mich auch noch einigermaßen daran erinnern."

Das ist nun zwar eine ziemlich unverfrorene Untertreibung, aber das muss ich ihm ja nicht auf die Nase binden.

Nach längerem schweigendem Studium seiner Alkoholika entscheiden WIR UNS doch für ein Coke. Da weiß man zumindest, dass nichts außer Plastik enthalten ist. Daniel Fug steht immer noch in der Tür. Mit hängenden Schultern, offenem Mund und leicht gerutschter Pyjamahose. Alles in allem bietet er keinen sehr beeindruckenden Anblick. Aber das habe ich ja auch nicht erwartet. Allmählich fasst er sich dann doch und kommt schlurfend in den Raum.

„Träum – träume ich noch immer?", fragt er leise und WIR lassen uns in eines der tiefen Ledermöbel fallen.

„Ich kann Sie beruhigen, Daniel Fug. Sie sind aufgewacht, als ich in Ihre Wunde geschlagen habe. Also kein Grund zur Panik."

Das ist leicht gesagt, und ich sehe ihm an, dass er etwas anderes denkt und fühlt. Bei der Erwähnung der Wunde fasst seine Hand unbewusst und vorsichtig nach dem Oberschenkel, wie um sich zu überzeugen, dass es nicht doch Wirklichkeit ist.

„Aber Sie sind hier!", spricht er es dann endlich aus.

„Ich war auch hier, bevor ich in Ihren Traum eingestiegen bin", kontern WIR gelassen und steigern seine Verwirrung damit nur noch mehr. Beinahe wie in Zeitlupe sinkt er auf das Sofa und versteht die Welt um sich nicht mehr.

„Was?", bringt er dann endlich tonlos über seine trockenen Lippen. Und dann: „Sie waren auch auf dem Parkplatz."

„Hey", rufen WIR erfreut, „der Mann hat so was wie Erinnerungen! Ich sagte doch schon, ich war hier, bevor ich in Ihren

Traum einstieg. So wie ich schon einige Zeit bei Ihnen bin. Es hat mich einfach interessiert, wovon ein Mensch wie Sie träumt, Daniel Fug. Und ich muss sagen, es war äußerst, na sagen wir mal, aufschlussreich."

„Können Sie das – einfach so?"

„Was?", stellen WIR UNS dumm.

„In Träume – einsteigen."

„Aber natürlich. Das ist nichts Besonderes."

Wieder Schweigen. Schweigen und ungläubiges Staunen. Doch allmählich fängt sich der kräftige Mann auf dem Sofa.

„Wer – wer sind Sie eigentlich? Und woher kommen Sie? Was wollen Sie von mir? Wie sind Sie überhaupt hier hereingekommen? Und …"

„Zu viele Fragen", unterbrechen WIR ihn und winken ungeduldig ab. „Und ich bin eigentlich nicht gewillt, Ihnen auch nur eine diese Fragen zu beantworten. Aber vielleicht haben Sie recht. Ich sollte Ihnen doch zumindest sagen, dass Sie mir zugeteilt worden sind, Daniel Fug."

„Zugeteilt?"

„Als Beobachtungsobjekt."

„Als Beobachtungsobjekt?!"

Er springt empört auf und baut sich vor UNS auf.

„Als Beobachtungsobjekt? Ach nein! Und von wem wurde ich zugeteilt? Wie lange soll das dauern?"

WIR können UNS einen gelangweilten Seufzer nicht verwehren und betrachten den immer wütender werdenden Mann unmerklich, aber sorgsam. Dabei stellen WIR das Coke ab. Endlich sagen WIR mäßig kooperativ: „Weder habe ich die Berechtigung, Sie über Details meiner Aufgabe aufzuklären, Daniel Fug, noch verspüre ich Lust dazu. Aber ich werde Ihnen sagen, wie lange Sie mit mir auskommen werden müssen – nämlich bis zu Ihrem Ableben."

Es benötigt einige Sekunden, bis der letzte Satz durch die dunkelroten Wolken der Wut in sein Gehirn gedrungen ist. Dann aber setzt sich die Erkenntnis schlagartig durch. Er wird bleich, taumelt zwei Schritte, stößt an den Tisch, ohne zu bemerken, dass die leere Flasche zu Boden rollt, und starrt UNS wieder ungläubig an.

„Soll das heißen – mein ganzes Leben – ich werde Sie nie wieder los?"

Wortlos erheben WIR UNS aus dem tiefen Sessel und treten an die Bar, als wollten WIR UNS eine neue Cola holen.

Im gleichen Augenblick greift er an.

Trotz seines massigen Körpers bewegt er sich mit erstaunlicher Geschicklichkeit. Er kommt um den Sessel, stürzt sich auf UNS und packt UNS am Hals. Aber wie grenzenlos ist sein Erstaunen, als seine Finger sich ineinander verflechten, ohne Widerstand dazwischen zu finden. Nichts ist da, wogegen er sich lehnen könnte. So fällt er auf die Knie und starrt zur Abwechslung auf seine verschränkten Finger.

Sehen Sie, Alex, ich habe die ganze Zeit schon darauf gewartet. Aber man kann ihm ja nicht mal einen Vorwurf deswegen machen. Er ist ein Mensch, und deswegen muss er auch wie ein Mensch denken und handeln. Es ist nur, na ja, menschlich, dass die erste Reaktion auf meine Gegenwart der Versuch ist, sich meiner zu entledigen.

Entschuldigen Sie, es müsste natürlich heißen: „UNS zu vernichten", denn schließlich ist die Person, die sich Daniel Fug präsentiert, ja nicht nur aus meinem, sondern aus unser aller Charakteren gebildet. Wie bereits so oft gesagt: Mein Autor als UNSER Körper, ich als UNSER Bewusstsein und Sie als UNSER Gewissen. – Verzeihen Sie auch, dass ich mich vor Ihnen nenne, aber es schien mir wichtig, in der Rangabstufung von unten nach oben zu gehen, wie die Lehrbücher es tun. Übrigens, Sie vergessen mir hoffentlich nicht, dass Sie in diesem Fall etwas mehr als nur ein passiver Beobachter sind. Sie sind bei Weitem mehr als das – Sie sind die Kraft und die Energie UNSERES Seins! Aber Daniel Fug hat von all dem keine Ahnung, und ich habe auch nicht vor, ihm das zu erklären. Dieser Versuch wäre auf jeden Fall so mühsam wie sinnlos.

Während Daniel Fug noch immer am Boden kniet und verzweifelt versucht zu begreifen, was um ihn herum vor sich geht, steigen WIR hinter ihn und treten ihm, nun wieder körperlich, so kräftig ins breite Hinterteil, dass er der Länge nach auf die Nase fällt.
Während WIR UNS gemächlich wieder setzen, eine frische, kalte Cola in der Hand, erklären WIR: „Sie müssen schon entschuldigen, Daniel Fug. Es ist sonst nicht meine Art, Menschen tätlich anzugreifen. Ich berühre sie nicht einmal gerne – ehrlich gesagt. Aber in Ihrem Fall schien es mir doch notwendig, Sie davon zu überzeugen, dass ich durchaus real vorhanden bin – auch wenn Sie nicht in der Lage sind, mich mit Ihren plumpen physischen Angriffen zu belangen."
Er liegt noch immer der Länge nach am Boden, die Nase tief in den langen Fasern seines Teppichs vergraben, und zeigt keinerlei Anstalten, sich zu erheben. Zu tief sitzt der Schock. Im Gegensatz zum Traum ist jetzt der Schmerz real und sollte keinerlei Zweifel an der Wirklichkeit offenlassen. Auch wenn WIR ihn nicht allzu kräftig getreten haben.
„Sie – ein – ein Engel?"
Ich hab mich wohl verhört! Nicht nur, weil seine Nase tief in dem Teppich steckt und das seine Stimme dämpft. Für so religiös hätte ich ihn gar nicht gehalten. Da sieht man mal wieder, wie man sich täuschen kann.
„Engel?", lachen WIR und erheben UNS. „Trage ich ein langes weißes Hemd? Habe ich kleine wuschelige Flügelchen? Oder halte ich vielleicht gar ein flammendes Schwert in der Hand? Ein Engel! Wo nimmt der Mann bloß seine Ideen her?"
Kopfschüttelnd gehen WIR zurück an die Bar, kippen den Rest von dem Coke in ein Glas und geben etwas von dem Myers's Rum dazu.
„Hören Sie", seufzen WIR gelangweilt. „Ich habe keine Lust auf lange Erklärungen. Aber da Sie offensichtlich schwer von Begriff

sind, noch einmal die Kurzfassung: Sie können mich sehen, die anderen nur, wenn ich es will. Sie können meine immer sehr treffenden und intelligenten Bemerkungen hören, die anderen nur, wenn ich es will. Sie können mich nicht anfassen, aber ich kann Ihnen in den Arsch treten. Wann immer ich will. Wenn es mir Spaß macht, dann reite ich Sie auch von einer Scheiße in die nächste. Ich könnte Ihnen natürlich genauso gut auch wieder heraushelfen, aber das will ich zumeist nicht. Macht ja sonst keinen Spaß, das Ganze! Und, ganz wichtig, Sie werden mich nicht mehr los, bis Sie Ihren letzten Schnaufer tun. Das war's. So einfach. Wie sagt der alte Schwede? C'est la vie!"

Richtiggehend erschlagen liegt er da, und es vergeht eine ganze Weile, bis er sich endlich aufrappelt. Schlurfend verschwindet er aus dem Zimmer, und kurz darauf rauscht die Spülung der Toilette. Zumindest hat er sich nicht angepinkelt. Sieht so aus, als würde er allmählich aus seiner Erstarrung in die Realität zurückfinden. Wird ja auch langsam Zeit. Wo kämen wir denn hin, wenn jeder so schwerfällig reagieren würde wie er? Ehrlich gesagt habe ich doch erwartet, dass er etwas flexibler ist. Jetzt wird es fast schon zu leicht, meinen Plan auszuführen.

Draußen am Gang kommt er mit zögernden Schritten vorbei, wendet den Kopf ab, als er die Wohnzimmertür passiert, und verschwindet im Schlafzimmer.

Ich möchte wetten, dass er jetzt die Decke über den Kopf zieht und sich einzureden versucht, dass das alles ja doch nur ein böser Traum ist. Er versucht einzuschlafen, in der Hoffnung, dass er, wenn er das nächste Mal aufwacht, wirklich aufwacht – und WIR nicht mehr da sind.

An sich keine so abwegige Idee und auch ganz leicht nachzuvollziehen. Ich fürchte nur, WIR müssen so handeln, wie es die meisten Schwierigkeiten auch tun. WIR können ihm den Gefallen zu verschwinden leider nicht machen.

Es sei denn, Sie sind anderer Meinung, Alex! Dann tun Sie was!

Aber lassen WIR ihm ein wenig seiner vagen Hoffnung und sehen WIR uns noch in seiner Wohnung um.

Eigentlich bin ich Computern gegenüber nicht so sonderlich positiv eingestellt. Für mich ist das auch nur ein Werkzeug wie jedes andere – aber ein wenig verständliche Faszination geht schon von diesen Dingern aus. Wo sonst erhält man noch so absolut promptes Feedback wie bei einem Computer? Man drückt auf ein Knöpfchen und, siehe da, er tut, was man will. Oder so ziemlich, was man wollte. Oder überhaupt nicht, aber zumindest TUT er! Oder man hat die neueste Version, dann tut er gar nicht. Wo sonst aber auf dieser Welt hat man noch eine so direkte Verknüpfung von Aktion und Reaktion, frage ich Sie.

Befördern WIR also den POWER-Schalter in die ON-Position. Das Gerät quittiert UNSERE Bemühung mit einem tiefen zufriedenen Brummen, und gleich darauf huschen die ersten Systemmeldungen über den Bildschirm. Es erstaunt mich immer wieder, was sich Leute an zwar nützlichen, aber niemals gebrauchten Programmen so auf ihre Festplatte laden und damit wertvollen Speicherplatz vergeuden. Gerade bei unserem Freund hier möchte ich wetten, dass er nicht mal die Hälfte der Programme mehr als einmal im Monat aufruft. Ich weiß nicht, was Sie von Computern halten, Alex. Ich frage Sie auch nicht, was sie von Computern verstehen. Seien wir doch ehrlich – niemand versteht wirklich etwas von diesen Dingern. Beziehungsweise versteht niemand wirklich alles. Oder wie Prof. Heinz Zemanek es in einer mailüftigen Laune einmal meinem Autor gegenüber ausdrückte: „Ich kann Ihnen zwar sagen, WIE es funktioniert, aber fragen Sie mich bitte nicht, WARUM dieses Ding überhaupt funktioniert!" Ich aber sage Ihnen, misstrauen Sie jeder Person, die Ihnen einreden möchte, sie benütze ihren PC einzig und ausschließlich zum Erwerb des täglichen Müslis.

Abgesehen mal davon, dass nichts den Verdauungstrakt eines Körpers so schwer belastet wie das morgendliche Müsli. Vielleicht noch, wenn man das klebrige, schwerstverdauliche Müslizeugs mit ebenso klebrigen Energiedrinks hinunterspült. Zyankali soll dagegen geradezu human und schmerzfrei sein!

Aber lassen wir die Gesundheitsapostel beiseite, die sich den Herzinfarkt lieber statt der üblichen 54 erst mit 58 Jährchen holen. Und den wiederum vor lauter Stress, nur ja nichts Ungesundes zu essen. Mein sonst von mir nicht sehr geschätzter Autor hat da meiner Meinung nach eine bessere Einstellung zum Leben. Er ist der Meinung, dass er lieber 60 Jahre ungesund, aber sorglos glücklich lebt, als 65 Jahre ständig in Furcht und Angst und Stress. Irgendwie dürfte er verstanden haben – für einen Menschen eine durchaus unübliche Erkenntnis –, dass er trotz aller Bemühungen doch niemals älter als 134 Jahre werden kann. Wobei, manchmal bin ich mir ja gerade bei ihm nicht so sicher, denn … So, jetzt ist es aber wirklich genug!

Ich verspreche, ich weiche jetzt nicht mehr ab. Ich streune noch ein wenig in den Computerverzeichnissen herum, sehe mir an, was er alles so gespeichert hat, und lasse mir die Auflistung einer Datei über den sündteuren Riesenbildschirm flimmern. Den Ordner namens Daten_extern mache ich gleich wieder zu. Er enthält nur Bild- und Videomaterial mit sehr leicht bekleideten weiblichen Wesen. Und diese Datei namens FREUNDIN.LED, was so viel wie „Freundinnen/ledig" heißen könnte, ist auch so aufpeitschend wie ein vegetarisches Essen vor einer heißen Liebesnacht.

Nicht schon wieder, Mark. Es reicht!
Lange genug gewartet!

Für UNS ist es jetzt wieder an der Zeit, nach UNSEREM Freund zu sehen. Er dürfte jetzt gerade so viel Ruhe gehabt haben, um am Wegtauchen zu sein, und wenn WIR länger zuwarten, schläft er uns womöglich ganz ein. Auch dürfte er sich jetzt allmählich von seinem ersten Schock erholt haben. Ein Grund mehr, ihn wissen zu lassen, dass er nicht einsam und verlassen durch diese graue Welt stolpert.

Er hat ja immer noch UNS.

Also begeben WIR uns in sein Schlafzimmer. Natürlich nicht, ohne vorher energiebewusst dem Computer wieder den Saft abzudrehen.

Wirklich, genau so, wie ich es mir gedacht habe. Unser alternder Macho liegt in seinem Bettchen. Zusammengerollt wie ein Riesenembryo, hat er sich die Decke über den Kopf gezogen. Denkt wohl, was man nicht sieht, ist auch nicht da. Es ist doch eigenartig, wie schnell manche Menschen wieder in kindliche Gewohnheiten verfallen.

„Ich würde sagen, Sie haben lange genug geschlafen, Daniel Fug. Es ist wunderschön da draußen. Möchten Sie nicht aufstehen? Man weiß ja nie, ob es nicht der letzte Tag ist, den man erlebt."
Er murmelt etwas Unverständliches unter der Decke. Und plötzlich, wie der Teufel aus der Schachtel, springt er auf und streckt mir seine rechte Hand entgegen.
Er hält etwas in dieser Hand.
Ich glaube zuerst an eine Pistole, aber nein, es ist ein Messer. Oder zumindest ein Gegenstand, der aussieht wie ein kleiner Dolch, nur hält er ihn an der Klinge statt am Griff. Auch erkenne ich dort, wo der Griff in die Klinge übergeht, wo die Parierstange kreuzt, so etwas wie eine kleine menschliche Figur. Ach so, ein christliches Kruzifix! Römisch-katholisch, um genau zu sein.
Aber was um alles in der Welt soll das nun wieder bedeuten?! Er streckt mir dieses Ding entgegen, hat die Augen fest zusammengekniffen und murmelt nach wie vor Unverständliches vor sich hin.
Auf was für Ideen diese Menschen kommen! Will er UNS, so nach Art der älteren Horrorfilme, damit austreiben?
Armer Daniel Fug!

WIR gehen einen Schritt näher und betrachten das Kreuz einmal eingehend.
„Entschuldigen Sie, aber ich verstehe leider nicht, was Sie mit diesem Stück Metall wollen, Daniel Fug", erklären WIR nach

der Betrachtung hinterhältig. „Aber sollten Sie mich damit bestechen wollen, dann muss ich Sie enttäuschen. Was Sie da in der Hand halten, ist billigste Massenware, in jedem Geschäft zu einem Spottpreis zu bekommen. Außerdem bin ich grundsätzlich nicht käuflich. Ich fürchte also, ich muss Sie enttäuschen."

„Aber das ist ein Kruzifix!", jammert er und sackt in sich zusammen. Er ist so sichtlich verzweifelt, dass seine tolle Idee nicht funktioniert, dass WIR UNS gerührt an den Rand des großen Bettes setzen, wobei WIR UNS ein nachsichtiges, aber spöttisches Lächeln allerdings nicht verkneifen können.

„Daniel Fug, Sie sind ein Narr", sagen WIR dann endlich kopfschüttelnd. „Selbst wenn man Ihren primitiven Glauben zugrunde legt, sind Sie ein Narr. Ich gehe davon aus, Sie hatten vor, mich mit der heiligen Macht des Kreuzes wie einen Dämon auszutreiben. Ein Unterfangen, das so lächerlich wie undurchführbar ist, weil Sie zwei logische Fehler in Ihrer Überlegung haben. Syntax-Error – um in Ihrer Computersprache zu sprechen. Erstens ist selbst in Ihrem Glauben das, was Sie da in Händen halten, nichts weiter als ein unnützes Stück Metall.

(Mein Herz-Alex: Sollte Ihr Pfarrer/Ihr Rabbi/Ihr Imam Ihnen etwas anderes gesagt haben, so rate ich Ihnen, im Buch der Bücher nachzulesen – Sie werden bemerken, dass nicht mal Ihre Glaubenslehrer das ordentlich getan haben! Das Anfertigen von Abbildern ist in allen drei Teilen dieser Religion nicht nur verboten, es ist als grober Frevel sogar strengstens untersagt! Und ob ich mir nun ein goldenes Kälblein oder ein goldenes Kreuzlein oder sonst was bastle, der da oben sieht es nicht gern und es ist wirkungslos.)

„Zweitens", fahren WIR fort, „bin ich kein Dämon, weil ich auch kein Engel bin, das hatten wir schon. Ich bin so etwas wie ein Beobachter. Wenngleich, dass muss ich allerdings zugeben, einerseits meine Fähigkeiten ungewöhnlich, aber nicht unerklärlich sind, andererseits ich ein wenig unfreundlich wirke, was darauf zurückzuführen ist, dass ich mich nicht um diesen Auftrag gerissen habe. Aber jetzt habe ich ihn nun einmal bekommen und ich muss beziehungsweise werde ihn auch ausführen."

„Bis an mein Lebensende", stöhnt er.

„Bis an Ihr Lebensende", bestätigen WIR ebenso emotionslos, wie WIR zuvor unseren Monolog gehalten haben.

Während Daniel Fug die Hand mit dem Kreuz kraftlos sinken lässt und grübelnd vor sich hin starrt, wäre es an der Zeit, dass ich mich bei Ihnen entschuldige. Selbstverständlich wissen Sie ebenso gut wie ich, dass „Imam" die Bezeichnung für einen Glaubensfürsten der schiitischen Kongregation ist. Die Sunitischen heißen anders und die Lehrer des Korans haben wieder einen anderen Namen. Ebenso wie es in den einzelnen Konfessionen des Christentums und des Judentums die unterschiedlichsten Bezeichnungen gibt, aber weder fallen mir diese augenblicklich alle ein, noch kann ich dafür garantieren, dass ich diese Namen auch richtig schreibe. Wobei es völlig unwichtig ist, wie viele Untergruppen und Grüppchen es in dieser Religion des Buches gibt – die Kernaussage des Abbildungsverbots ist immer gleich.

Schwerfällig erhebt sich unser Freund hinter mir und lässt sich aus dem Bett auf seine Beine fallen. Müde schlurft er (Bemerkung für Nicht-Ostösterreichisch-Sprechende: kraftloses, schwerfälliges Gehen ohne Heben der Beine, eignet sich besonders gut für Räume mit Parkettböden und/oder dicken Teppichen) also, müde schlurft er aus dem Schlafzimmer gleich um die Ecke ins Bad. Dort wird einmal Zähne geputzt und gewaschen, wie sich das gehört. Einstweilen werfen WIR uns der Länge nach auf das Bett. Leider Gottes ist mein mir durch einen Fluch verbundener Autor nicht nur permanent hungrig, sondern auch immerzu müde. Nach einer Weile kommt Daniel Fug zurück und beginnt sich anzuziehen, ohne UNS auch nur eines Blickes zu würdigen. Ebenso gleichgültig verschwindet er im Wohnzimmer, wo er eine CD in den Player quetscht, und schon dröhnt deutscher Qualitätsrock durch die Wohnung – BAP ist wirklich verdamm' lang her. Daniel Fug strolcht weiter Richtung Küche und beginnt an der Kaffeemaschine zu hantieren. WIR liegen immer noch auf dem Bett. WIR sehen nicht, was er macht, aber WIR ahnen es. Er wiederum sieht nicht, dass WIR grinsen – und er ahnt es auch nicht. Und wirklich, gerade im Augenblick des schönsten und lautesten Gitarrensolos fällt so gut wie unhörbar die Tür ins Schloss und der Schlüssel wird herumgedreht.

Er meint wirklich noch immer, er könne UNS auf eine so primitive Tour loswerden. Das ist jetzt wirklich schon fast beleidigend.

Eigentlich wäre jetzt der Augenblick gekommen, etwas hektischer zu werden. Action wäre jetzt angesagt! WIR sollten zur Tür stürzen und sie wieder öffnen, ja sie aufbrechen. WIR könnten uns auch aus dem Fenster schwingen, um in einer halsbrecherischen Klettertour aufs Dach zu gelangen – natürlich nicht ohne den hochdramatischen Ausrutscher, der UNS beinahe das Leben gekostet hätte. Dann von dort hinunter in die Parkgarage, um unseren aufgemotzten Wagen zu holen und eine wilde Verfolgungsjagd quer durch die Stadt aufzunehmen. Mit viel zerknautschtem Blech, qualmenden Reifen und hüpfenden Passanten.

Einer der Hauptgründe dafür, warum ich (das Buch, Sie haben mich doch nicht vergessen?) niemals verfilmt werde, ist natürlich die Qualität meines Autors. Ein anderer Grund ist der, dass die oben beschriebenen, wunderbar dramatischen und mit Action geladenen Szenen sich in jedem Film gut machen, hier bei uns aber nicht stattfinden. Ich persönlich habe ja niemals verstanden, warum Geheimagenten oder sonstige Helden immer die umständlichsten, auffälligsten und gefahrvollsten Wege nehmen müssen. Na ja, es hört sich gut an, liest sich gut und sieht noch besser aus, wenn es so über die Leinwand oder den Bildschirm flimmert. Aber ich versichere Ihnen, 99,9 % aller Helden und Heldinnen gehen in 99,9 % aller Fälle einfach durch geöffnete Türen – der Rest scheidet meist sehr rasch aus diesem Beruf aus. Wegen physischer Nichteignung – oder haben Sie schon mal eine Leiche einen Bericht tippen sehen?

WIR allerdings machen uns das viel einfacher. Nicht, weil WIR ein geheimdienstlicher Profi wären, und auch nicht, weil WIR gefahrvolle Situationen grundsätzlich vermeiden. Einfach aus dem Grund, weil WIR eben unvergleichlich und einzigartig sind – eben ein Buch – und uns somit alle Wege offenstehen. Ganz ohne mit der Nase zu wackeln, mit den Fingern zu schnippen oder, wie furchtbar altmodisch und stümperhaft, mit einem Zauberstab durch die Luft zu wedeln und lateinische Brocken zu stammeln.

Sehen WIR uns die Situation einmal etwas genauer an: Gleich parkt er mit seinem Wagen aus und verlässt die Tiefgarage, um triumphierend auf die Straße hinauszufahren. Bevor WIR ihm aber folgen, noch eine kleine Erinnerung für Sie:
Sie sind sich hoffentlich im Klaren darüber, Alex, dass dieser Mann bereits einen ziemlichen Schock davongetragen hat. Es reicht zumindest, um ihn bis ans Ende seines Lebens auf die Couch eines Psychiaters zu packen. Und Sie sind sich auch im Klaren darüber, wohin es führen wird, wenn WIR diesen Menschen weiter belästigen.

Sie haben die Wahl. Sie allein haben es in der Hand!

Mit einem kleinen Sprung katapultiert sich der große dunkelrote Wagen über die letzte Schwelle aus dem verschwommenen Düster der Parkgarage in das goldene Licht des neuen Tages und sackt tief in den Federn ein, als er in die Fahrbahn biegt. So wie die Sonne über den Häusern erstrahlt, so strahlt erleichtert auch der Fahrer. Aber schnell erlischt das Grinsen in dem breiten Gesicht, als die Erinnerung an diesen mehr als eigenartigen Weckruf zurückkehrt. Das Ganze erscheint ihm schon jetzt so unwirklich und verrückt, dass er den Gedanken, zur Polizei zu fahren, schnell wieder verwirft. Ein äußerst kluger Gedanke. Was hätte er denen wohl auch erzählen sollen? Die Wahrheit hätten sie ihm nicht geglaubt, auch wenn sie weniger unglaubwürdig geklungen hätte. Nicht, dass Polizisten Wahrheiten ablehnend gegenüberstehen, aber wenn man der Erfahrung glauben darf, dann gehört Phantasie nicht unbedingt zur Grundausstattung in ihrem Beruf. Die brauchen nun mal Fakten.

Aber WIR sollten unseren Freund doch nicht so lange allein lassen. Er muss sich ja schon ganz und gar verlassen vorkommen. Gerade hält er den Wagen an einer roten Ampel und die Gelegenheit ist wohl günstig.

„Hätten Sie die Güte, da vorn rechts einzubiegen?"
Ich erspare es mir, sein Gesicht zu beschreiben, mit dem er UNS im Rückspiegel anstarrt, während WIR UNS wohlwollend von der Rückbank nach vorn lehnen. Was gäbe es auch in einem Gesicht schon zu beschreiben, das eigentlich nur aus zwei riesigen Augen und einem noch weiter aufklappenden Mund zu bestehen scheint? Ohne auf die Ampel zu achten, springt Daniel Fug kraftvoll auf das Gaspedal und katapultiert den schweren Wagen mitten in den spärlich fließenden Querverkehr. Bei dem plötzlich einsetzenden Quietschen und Hupen grenzt es beinahe an ein Wunder, dass nicht auch noch das Scheppern von Blech und das Klirren von Glas zu hören ist.
Ohne den Fuß vom Gaspedal zu nehmen, und die Hände fest um das Steuer des schlingernden Wagens verkrampft, rast Daniel Fug wie von Furien getrieben weiter, obwohl dazu ja nun wirklich kein Anlass besteht.
„Schade. Eigentlich dachte ich daran, dass Sie mich an der nächsten Ecke hätten aussteigen lassen können. Dort ist eine vorzügliche Bäckerei. Die machen die besten Croissants in der ganzen Gegend."
Er scheint nicht zu hören. Rast nur mit eingezogenem Kopf weiter, immer weiter. Kümmert sich nicht darum, ob Ampeln

Grün zeigen oder nicht, weicht kaum den anderen Fahrzeugen aus, und wenn das ein Film wäre, dann hätten wir schon einen Rattenschwanz von jaulenden Polizeiwagen hinter uns – in der Wirklichkeit tauchen die aber nie so schnell auf, wenn mal einer verrückt spielt.

Allmählich sollten WIR vielleicht doch eingreifen, bevor er sich noch umbringt. Eine äußerst dumme Art, sein Leben zu beenden! Dabei können doch auch andere Personen zu Schaden kommen.

Nun wäre aber sein Tod, nur mal so zur Erinnerung, eigentlich das Ziel unseres ganzen Unternehmens. Sie haben das doch nicht vergessen, Alex. Aber so einfach wollen WIR es UNS doch auch wieder nicht machen. Denn würde er in diesem Zustand einen Unfall bauen, so könnte man das bestenfalls blindwütige Panik nennen, niemals aber einen bewussten Akt. Und Mord hat nun mal ein bewusster Akt zu sein. Außerdem könnten jetzt wirklich auch andere Personen verletzt werden, so wie der fährt. Und das liegt wiederum gar nicht in UNSEREM Sinne. – Das wäre wohl alles andere als ein perfekter, sauberer Mord, oder?

„Sollten Sie die Absicht haben, vor mir zu flüchten, dann begreifen Sie bitte, dass ich hinter Ihnen sitze! Also fahre ich mit Ihnen. Egal wie schnell Sie auch immer durch die Stadt galoppieren! Außerdem grenzt es fast an ein Wunder, dass Sie bis jetzt noch niemanden umgebracht haben. Ich glaube nicht, dass Sie das wollen!"

Offensichtlich haben meine eindringlich gebrüllten Worte keinerlei Wirkung, denn noch immer rast dieser Verrückte um Ecken, dass WIR von einer Seite zur anderen geworfen werden. Also hilft nur noch die jedem Menschen verständliche brachiale Behandlung und WIR ziehen ihm eine saftige Kopfnuss über den Scheitel.

Verwundert schüttelt er einmal, zweimal den Kopf, wird dabei immer langsamer und hält unvermittelt mit quietschenden Reifen an.

„Na also, warum denn nicht gleich so?", seufzen WIR und sehen UNS in der Straße um. Der große Geländewagen steht natürlich mitten auf der Fahrbahn und die anderen Wagen hupen bereits. Wenn er auch seine erste Panik überwunden hat, so sitzt er doch noch immer völlig verkrampft hinter dem Lenkrad und wagt es nicht, sich umzusehen – könnten WIR UNS doch in so ein scheußlich geferndes Monster verwandelt haben, wie man sie gerne in aufwendigen Horrorschockern sieht. Ich habe allerdings nicht die Absicht – und außerdem ist mein Autor nach wie vor hungrig. Wie könnte es auch anders sein?

„Wenn Sie sich etwas beruhigt haben, dann sollten Sie weiterfahren. Wir parken hier nicht besonders gut."

Eine ziemliche Untertreibung angesichts des inzwischen ohrenbetäubenden Hupkonzerts hinter uns und der schimpfenden und drohenden Automobilisten neben uns.

Noch immer völlig apathisch drückt Daniel Fug gehorsam einen Gang ins knirschende Getriebe und rollt an.

Eigentlich habe ich nicht angenommen, dass ein Mann von seiner Statur so schnell zusammenbricht. Aber körperliche Kraft ist noch niemals ein Garant für psychische Festigkeit gewesen. Und selbst die belastbarste Psyche muss unter diesen Umständen früher oder später zusammenbrechen. Seine offensichtlich früher. Dumme Sache.

„Biegen Sie da vorn an der Ampel links ein."

Schweigsam und gleichgültig wie ein guter Chauffeur folgt er jetzt meinen Anweisungen. Aber dieser völlige Zusammenbruch ist unserer Absicht nicht wirklich förderlich. Er soll ja schließlich noch eine eigene Entscheidung treffen können. Also machen WIR es wie beim Angeln und geben WIR wieder etwas Leine.

„Bleiben Sie bitte vorn an der Ecke stehen und lassen Sie mich aussteigen."

„Sie wollen – aussteigen?", fragt der massige Mann vorsichtig. Unglaube und Hoffnung schwingen in seiner Stimme mit wie große Glocken.

„Ich möchte mir doch nur dort in der Bäckerei etwas frisches Gebäck besorgen. Ich hatte heute nämlich noch keine Zeit dazu. Aber Sie ja auch nicht. Soll ich was für Sie mitbringen?"

„Für mich?!?"

„Natürlich für Sie. Sehen Sie sonst noch jemanden?"

Und nach einer kleinen Pause meinen WIR versöhnlich: „Nun hören Sie mal, Daniel Fug, so ganz einfach aussteigen und auf Nimmerwiedersehen verschwinden kann ich nicht. So sind nun einmal die Regeln. Sie werden also nicht wieder versuchen, mir auf und davon zu fahren, versprochen?"

Er schüttelt nur stumm den Kopf, hält an der Kante des Gehsteigs und lässt UNS aussteigen. WIR gehen auf die Bäckerei zu, und noch bevor sich die Tür hinter UNS geschlossen hat, hören WIR einen Wagen mit überdrehtem Motor und quietschenden Reifen losrasen.

Muss ich Ihnen wirklich sagen, welcher Wagen das jetzt war?

Nun lassen WIR diese Idee mit der Angel reifen. Soll er ruhig ein wenig zurückfinden in seine gewohnte Umwelt. Soll er ruhig noch ein paar Augenblicke lang glauben, er wäre UNS los. Dabei müsste ihm sein Verstand sagen, dass er UNS sicherlich nur für eine gewisse Frist vom Hals hat. Vielleicht für ein paar Minuten, vielleicht sogar für ein paar Tage. Aber wiedersehen werden wir uns sicherlich. Das sollte ihm eigentlich inzwischen klar sein. Aber, ehrlich gesagt, ich bezweifle, dass er sich dessen überhaupt klar sein will.

Oh, in dieser Bäckerei gibt es nicht nur frisches Gebäck, sondern auch Kaffee. Riechen Sie auch dieses belebende Aroma? Ich glaube, WIR sollten eine etwas längere Pause einlegen.

Während ich mich hier an dem frischen Gebäck und einer Tasse Kaffee vergehe, rast Daniel Fug wie von wilden Tieren gehetzt durch die Stadt. Versucht sich zurechtzufinden in dem Gewirr der

Einbahnen und in seiner Situation. Und tatsächlich, allmählich beginnt sein Verstand wieder zu arbeiten. Und welcher Ausweg würde sich da wohl eher anbieten, als sich jemandem anzuvertrauen? Jemandem, der für alles eine Erklärung, eine Ausrede findet. Der immer eine Lösung bei der Hand hat. Einem Mann, den nichts und niemand so schnell aus der Ruhe bringen kann!

Daniel Fug reißt den Wagen vor einer Kreuzung über die Sperrlinie, ignoriert die aufdringlichen Rufe eines Polizisten und bringt die Schnauze seines bockenden Stahlrosses in die entgegengesetzte Richtung. Als er an der Einfahrt zur Tiefgarage ankommt, hat er sich zumindest schon wieder so weit im Griff, dass er nicht blind durch die geschlossene Schranke kracht, sondern anhält und zitternd vor Anspannung wartet, bis der Automat seine Parkkarte anerkannt hat. Bei dem Übergang zu den Aufzügen parkt er seinen Wagen quer über eine Sperrfläche und hastet durch dicke, feuerfeste Stahltüren aus der Atmosphäre eines betonierten Bunkers in die marmorgetäfelte Vornehmheit eines Warteraums. Ungeduldig hämmern seine großen Hände an den Knöpfen des Lifts herum, bis sich endlich die Türen gemächlich auseinanderschieben. Er zwängt sich hindurch und drückt sofort sein Stockwerk sowie die Taste zum Schließen der Tür. Trotz allem wirft er unbewusst einen furchtsamen Blick auf die Stahltür zum Parkdeck. So, als würde er erwarten, dass daraus jeden Augenblick etwas Grässliches hervorbrechen und auf ihn losstürzen könnte.

Also, Alex, Sie hätten mir ruhig sagen können, dass ich vielleicht zum Friseur hätte gehen sollen!

Gemächlich und mit dezentem Geklingel hält der Lift im gewählten Stockwerk und schieben sich die Türen auseinander. Ungeachtet der überraschten Gruppe von hemdsärmeligen Disputanten davor stürzt Daniel Fug hinaus und einen Gang hinunter. Wie das Stampfen einer gigantischen Maschine dröhnen seine Schritte.

Die Tür, beinahe am Ende des Gangs, ist nicht versperrt und wackelt bedenklich in den Angeln, als er sie aufdrückt und sie mit Schwung gegen den Kasten dahinter kracht. Mit so viel Schwung, dass sie auch wieder ins Schloss fällt.

Mit großen Schritten durchquert der kräftige Mann das kleine Büro und lässt seinen verwunderten Blick auf dem überquellenden Schreibtisch und dem leeren Stuhl seines Partners ruhen. Wie war er eigentlich auf den Gedanken verfallen, Claus Tripp könnte um diese Uhrzeit bereits im Büro sitzen? Niemals konnte man bei ihm sicher sein, dass er hier war. Oder er war zu den unmöglichsten Zeiten anwesend. Warum sollte er ausgerechnet heute hier arbeiten? Die Tür hinter ihm geht auf und Daniel Fug fährt erschrocken herum. So erschrocken, dass er mit dem Ellenbogen gegen den Computerbildschirm auf dem Tisch daneben stößt und ihn gerade noch auffangen kann, bevor er auf den Boden knallt.

Unter der Tür steht jedoch nicht das erwartete Gespenst, dafür aber etwas, das einem solchen nicht unähnlich wirkt. Claus Tripp sieht bleich und unausgeschlafen zu dem erschrockenen Mann hin, stellt die beiden Pappbecher mit Kaffee vorsichtig auf einen Tisch und schiebt sich die aufgekrempelten Ärmel seines fleckigen Hemdes noch etwas höher. Die Krawatte hängt schon seit Stunden auf Halbmast und er tritt einen Schritt zur Seite, damit die Tür wieder zufallen kann.

„Wenn jemand behaupten würde, ich sehe schlimm aus, dann könnte ich das schon verstehen", meint er dabei. „Ich habe auch die letzten 24 Stunden an dem neuen Konzept für den Vorstand gebastelt. Aber ich fürchte, gegen dich sehe ich aus wie das blühende Leben."

Er nimmt einen der beiden Pappbecher auf und hält ihn Fug entgegen.

„Du siehst aus, als hättest du einen Kaffee mindestens ebenso nötig wie ich."

Überrascht betrachtet der schwer atmende Mann den dampfenden Becher, sieht wieder sein Gegenüber an und dann wieder auf den Becher. Es ist offensichtlich, dass er nicht so ganz versteht, worum es hier geht.

„Na los, komm schon, trink", fordert ihn Tripp noch einmal auf und schiebt ihm den Pappbecher näher. Und wirklich, gedankenlos wie ein gut erzogenes Kind greift Fug nach dem Becher, nimmt ihn in seine Pranke, hebt ihn an die Lippen und macht einen tiefen Schluck.

Das Gebrüll ähnelt einem waidwunden Elch und ist mindestens noch drei Büros weiter zu hören. Mit weit aufgerissenem Mund und hervorquellenden Augen versucht Fug kühle Luft in seinen Rachen zu bekommen, um die schlimmsten Verbrühungen zu lindern.

Tripp sieht ihn stumm an und in seinem Teddybärblick mischen sich Überraschung und Verwunderung mit Sorge. Doch schnell hat sich der große Mann wieder gefangen und Tripp geht an ihm vorbei zu seinem Schreibtisch.

„Was hast du gedacht ist wohl in einem dampfenden Kaffeebecher – Orangensaft?"

Er beginnt einige der Ausdrucke aus seinem Berg zusammenzusuchen und in seiner Aktentasche zu verstauen.

„Vielleicht solltest du mir einfach erzählen, was passiert ist. Ich meine, erzähl mir nicht, dass nichts passiert ist. Ich kenne dich lange genug, aber so aus dem Häuschen habe ich dich noch nie erlebt. Also, was ist?"

Er klappt den Koffer zu und tritt an das kleine Waschbecken hinter einer Trennwand. Dort stockt er für einen Augenblick.

„Erzähl es mir", fordert er noch einmal. „Aber erzähl es mir rasch. Ich muss in einer Stunde bei Moroni und dem Vorstand sein und ich fahre um diese Tageszeit mindestens fünfundvierzig Minuten."

Während Claus Tripp sein Gesicht wäscht, das Hemd wechselt, die wenigen kurzen Haare wieder in Ordnung und seine Krawatte in eine kreditwürdige Position bringt, erzählt Daniel Fug in kurzen, abgehackten, stotternden und sich selbst manchmal widersprechenden Sätzen das, was er von unserer Geschichte weiß oder wie er es eben sieht.

Nach einer Weile kommt Tripp gelassen, gefasst und mit einem Handtuch wieder hervor, trocknet sich ab und marschiert zu seinem Stuhl, um sein Sakko anzuziehen. Voll erwartungsvollem Schimmer folgen ihm Fugs Augen, und als Tripp endlich fertig angezogen und somit wieder einigermaßen hergestellt ist, legt er beide Hände auf seinen Aktenkoffer und sieht seinen Partner mit dem bekannten, treuherzigen Kuschelbärblick an.

„Ich muss dir ganz ehrlich sagen, ich habe kein Wort von dem verstanden, was du mir da eben erzählen wolltest. Ich meine, ich habe natürlich verstanden, dass einer hinter dir her ist. Aber ich verstehe nicht, wo da das Problem liegt."

Er lässt die Schlösser seines Koffers noch einmal aufschnappen, fasst hinein und fördert eine beeindruckende Automatikpistole ans Tageslicht.

„Du hast doch auch eine Waffe. Ich verstehe nicht, weswegen du dich so aufregst. Zeige sie ihm und sag ihm, er soll verschwinden. Und wenn er nicht verschwindet – dann benutzt du sie eben. Es ist sein Risiko, würde ich sagen", meint er noch achselzuckend, verstaut die Pistole wieder und nimmt den Koffer hoch.

Daniel Fug kann gerade noch ansetzen zu einem: „Ja – aber – er …", da winkt Tripp auch schon ab.

„Nix er – ich", meint er betont, „ich für meinen Teil verschwinde jetzt. Wenn ich nicht halbwegs pünktlich vor Ort bin, dann wird der Vorstand dem neuen Projekt kaum sehr positiv gegenüberstehen – und dann haben wir wirklich ein Problem!"

Unter der Tür dreht er sich noch einmal um und meint versöhnlich: „Wenn du mich fragst, dann hast du nur einen ganz verrückten Albtraum gehabt. Kein Wunder bei den Kuren, die du andauernd hungerst. Also ich gebe dir den Rat, fahr zu deiner Gioja, lass dir von ihr ein ordentliches Frühstück auftischen, und zum Abschluss lässt du es dir von ihr besorgen, bis du meinst, dir fällt was ab – ich wette, dann ist der ganze Spuk ein für alle Mal vorbei."

Spricht's und schließt die Tür hinter sich.

Daniel Fug, nun wieder allein gelassen, lehnt noch immer am Schreibtisch und starrt grübelnd vor sich hin. Vielleicht hatte Tripp ja wirklich recht. Vielleicht war wirklich alles nur ein verrückter Albtraum, eine Einbildung, eine Halluzination. Er hatte wirklich eben erst diese Kur beendet, von der alle behaupteten, sie sei so gesund für den Darm und den Körper und überhaupt. Man durfte eine Woche lang überhaupt nichts essen, zumindest keine feste Nahrung. Nur Fruchtsäfte, Tees und Mineralwasser waren erlaubt. Die Woche war wie im Flug vergangen – wohl, weil er meist irgendwie weggetreten war. Dann das Essen mit Gioja gestern, vielleicht war es einfach zu üppig gewesen. Immerhin war er jetzt erst wieder in der Aufbauphase. Vielleicht hatte ihm diese Kur tatsächlich aufs Gehirn geschlagen. Zerebrale Folgeschäden auf Grund zivilisatorisch bedingter, modisch motivierter Unterernährung, grinst er vor sich hin. Dann strafft er sich und atmet kräftig durch. Das konnte durchaus eine Erklärung sein. Natürlich war das eine Erklärung! Das war die einzige Erklärung! Und die Idee mit Gioja war auch nicht von schlechten Eltern. Wieder mal so richtig – so wie er wollte – und nicht immer so verdammt rücksichtsvoll. Er würde ihr schon beweisen, dass er mehr draufhatte als jeder junge Schönling!

Es klopft und er wendet sich der Tür zu.

„Ja? Was ist?", ruft er fast unwirsch.

WIR öffnen die Tür, kommen herein und sagen freundlich: „Ich wollte nur wissen, ob Sie bereits einen Entschluss gefasst haben, wie Sie weiter vorgehen wollen. Jetzt, nachdem Sie sich mit Ihrem Freund besprochen haben."

Daniel Fug starrt UNS mit einem so eigenartigen Blick an, dass ich fast darauf wetten möchte, dass er sich jetzt in die Hose gemacht hat. Für einen fast unerträglich langen Augenblick ist es vollkommen still in dem Raum. Man könnte meinen, sogar die

Computer hätten ihr Surren eingestellt. Erst nach schier endloser Zeit, die doch nur einen Atemzug lang dauerte, bewegt sich unser Freund wieder. Wie hypnotisiert tapst er auf UNS zu und drängt sich durch den Türstock, ohne den Blick von UNS nehmen zu können. Kaum hat er den Gang erreicht, stürmt er auch schon davon, als wäre eine Hundertschaft kleiner roter Flatterteufelchen mit glühenden Dreizacken hinter ihm her.

Für UNS besteht kein Grund zur Aufregung. Es ist so sicher wie das sprichwörtliche Amen in der Kirche, dass Daniel Fug sich jetzt zu seiner kleinen Edelnutte retten wird. Der letzte Gedanke an sie war intensiv genug, um zu überdauern. Aber so wie ich – und inzwischen auch Sie – diese junge Dame kennengelernt haben, brauchen WIR dort gar nicht aufzutauchen. Die schafft es auch ohne unsere Hilfe, ihn zu verstören.

Während er also mit Hilfe des Lifts wieder in den Keller fällt und von dort aus seinen Wagen durch die Straßen und über die gespannten Nerven mehrerer Verkehrsteilnehmer quält, kann ich mich hier mal ein wenig umsehen. Aber nein, nicht doch „Industriespionage". Alex! So etwas liegt mir fern – lässt sich doch auch gar kein Geld damit verdienen. Zumindest nicht in diesem Rahmen.

Weil WIR übrigens gerade von verdienen sprechen: Sie, Alex, verdienen es, noch einmal darauf hingewiesen zu werden, dass ich nichts wäre ohne Sie, ohne Ihre Kraft, ohne Ihre Ausdauer! Verstehen Sie mich nicht falsch, das ist keineswegs billige Lobhudelei und zuckersüße Bauchbepinselung – es ist wirklich und schlechthin ein unbestreitbares Faktum. Wie immer man darüber auch denken mag, ohne Sie könnte all das hier nicht geschehen. Einzig und allein dadurch, dass Sie nach wie vor in diesem Buch lesen, ist es möglich, dass all dies geschehen kann.

Aber Sie sind sich doch auch bewusst, dass es ebenso einzig und allein an Ihnen liegt, der Sache ein Ende zu bereiten? Sie sind der Grund und die Quelle und der Zweck all dieses Treibens, und deshalb – entschuldigen Sie, wenn ich Sie schon wieder damit nerve, Sie sind sich dessen inzwischen sicherlich völlig bewusst – sind auch Sie, und nur Sie, für all das verantwortlich, was hier geschieht!

Ich wollte es nur noch einmal in Erinnerung gerufen haben. Nicht dass Sie mir nachher sagen, Sie hätten nichts von alledem gewusst! Aber so sind Sie ja nicht, Alex – Sie stehen zu Ihrer Verantwortung, nicht wahr? Denn, überlegen Sie mal – auch wenn Sie steif und fest behaupten, die Realität des tätlichen Lesens wäre erstunken und erlogen, einfach nichts anderes als eine weitere kranke Phantasie meines Autors – können Sie da tatsächlich so sicher sein? Sie haben es doch auch geglaubt, als Sie in der Schule hörten, es gäbe Leben auf keinem anderen Planeten außer der Erde. Meinem Autor hat man in der Schule noch erklärt, Tiere gebrauchten keine Werkzeuge, Europa wäre vor den Römern und Germanen so gut wie menschenleer gewesen und Atomkraftwerke für mindestens zehn Generationen vollkommen sicher. Dann kamen Kepler, König, Karl und Tschernobyl. Vielleicht ist die Wahrheit aber ganz anders, als die Menschen sie sehen. Sehen wollen. Sind Sie sich des allzu Offensichtlichen so sicher, dass Sie bedenkenlos Schuld auf sich zu laden gedenken?

Denn Ungläubigkeit war noch nie eine gute Ausrede.

Vorsichtig öffnet Daniel Fug die Wohnungstür und wagt einen Blick in den leeren Vorraum. Kein Mensch ist zu sehen. Nur die zierlichen Schuhe einer Dame mit schlankem Fuß liegen zuhauf und in wüstem Durcheinander unter der Garderobe. In der gesamten Wohnung breitet sich andächtige Stille aus.

Überraschend leise huscht Fug durch den Spalt und schließt die Tür hinter sich.

Zögernd sieht er sich um, bevor er sich bückt, um seine Schuhe auszuziehen. Auf Strümpfen schleicht er weiter in die Stille der Wohnung. Unsicher, wie sie ihn wohl empfangen wird. Genau genommen war der letzte Abend ja ganz nett verlaufen, aber Daniel Fug war sich bei ihr nie so sicher. Es kam immer darauf an, wie sie augenblicklich gelaunt war. Und einzig darauf kam es an. Der letzte Abend hatte überhaupt nichts zu bedeuten. Sie konnte sich freudig an ihn klammern und in ihr Bettchen zerren. Sie konnte ihn aber ebenso gut mit wüsten Beschimpfungen, die das ganze Haus weckten, vor die Tür jagen wie einen alten Köter. Doch gerade dieses Temperament war es, was er an ihr so liebte, was ihn ohnmächtig staunen ließ. Dieses Temperament, das ihn mitriss, überrollte, verbrannte, das seinem satten, bequem gewordenen Leben wieder Pfeffer in den Arsch gestreut hatte und ihn abhielt, daran zu denken, dass auch er dem gnadenlosen Jahreszähler nicht entging.

Er hält inne und sieht hinaus zu den Wolken, die über den Dächern immer dünner werden und wie es sich zu einem ganz prächtigen Tag auszuwachsen scheint. Im nächsten Augenblick überkommt es ihm siedend heiß, als er die verdrängte Szene in dem dunklen Park wieder vor sich sieht. Gioja über der Motorhaube, die langen nackten Beine weit gestreckt! Wie ein Schlag vor den Kopf stoppt ihn dieser Gedanke und erregt ihn doch gleichzeitig. Er steht da, atmet tief durch und mit einem Mal beginnt sein Gehirn wieder halbwegs normal zu arbeiten.

Mit diesem kleinen wollüstigen Teufel konnte er sich jetzt zu Tode bumsen, sie bestrafen, bis zur Besinnungslosigkeit – vorausgesetzt sie war in der richtigen Stimmung. Aber würde ihm das helfen? Wer konnte ihm sagen, ob dieser Albtraum nicht schon am nächsten Tag seine Fortsetzung nahm? Ob er ihn nicht sogar hier einholen würde? Was er tatsächlich benötigte, war keine Ablenkung, sondern Hilfe. Schlicht und einfach jemanden, der mit unvorhersehbaren Dingen umgehen konnte und eine realisierbare Idee hatte. Wie Tripp, nur brauchbarer.

Zuerst kaut er ein wenig auf seiner Lippe und überlegt. Entschlossen macht Daniel Fug dann kehrt, geht zurück ins Vorzimmer, nimmt seine Schuhe auf und verschwindet wieder genau so leise, wie er gekommen war.

Nun, es sieht so aus, als würde UNSERE Aufgabe doch nicht so stupid einfach, wie ich zu Anfang noch gefürchtet hatte. WIR werden wohl ein wenig mehr von unserer Überredungskunst aufwenden müssen. Mit reinem Terror allein scheint ihm nicht beizukommen zu sein. Das wäre, ehrlich gesagt, auch verwunderlich gewesen. In dem Zeitalter der Menschen, in dem zwischenmenschlicher Terror zur Alltäglichkeit des Zusammenlebens gehört, da darf es nicht wirklich verwundern, wenn die Menschen abgestumpfter werden. Nicht, dass sie klüger würden, ihre Lage erkennen oder ihr Geschick meistern. Menschen stumpfen nur ab und lassen geschehen. Lassen sich treiben von dem ewigen Strom des „Fressen–und-gefressen-Werdens" und sind wunderlich davon überzeugt, die Krone der Schöpfung zu sein. Weil sie doch darüber nachdenken können, warum sie solch dumpfes Herdenvieh sind, wie sie nun mal sind.

„Das, was den Menschen vom Tier unterscheidet!"

Mein Autor ist gerade abgelenkt und so kann ich meine ganz persönliche Meinung anfügen: „Das, was den Menschen vom Tier unterscheidet, ist allein die Fähigkeit, abstrakt denken zu können und zu hinterfragen, wer man ist, woher man kommt und wohin man geht. Oder genauer: Warum man niemand anders ist, weswegen die Geschichte nicht besser für einen verlaufen ist und wie man es schafft, ‚mehr' zu bekommen. Der Unterschied ist einfach: Menschen stellen diese Fragen, die einem Tier niemals einfallen würden – denn die Tiere kennen die Antworten!"

Über diesen Grübeleien dürfte inzwischen allerdings mehr Zeit vergangen sein, als ich dachte. Na ja, das mit der Zeit ist auch so eine Sache. Es soll ja immer noch Menschen geben, die annehmen, Zeit sei etwas Lineares und gleichförmig Ablaufendes und unbeeinflussbar (... und die Erde ist eine hohle Scheibe, der Mond aus Käse, Politiker selbstlos, Gott ein altersschwacher Mann, Steine hätten keine Seele und ein Buch kann nicht denken). Aber darüber zu erzählen würde den Rahmen dieser Geschichte ebenfalls sprengen.

Auf jeden Fall ist unser Freund Daniel Fug schon wieder unterwegs in eine Parkgarage. Entweder hat er es mit den Dingern, oder das Leben des mobilisierten Menschen in der urbanen Welt ist wirklich so unterirdisch. Diese Garage scheint bereits wesentlich voller zu sein als die seiner Arbeitsstätte. Kaum freie Parkplätze sind auszumachen und er muss seinen großen Wagen einige Male um enge Ecken zwängen, bis er endlich einen passablen Parkplatz findet. Eigentlich sollte man davon ausgehen können, dass alle Parkplätze gleich groß sind, was auch tatsächlich der Fall ist. Das, was nicht genormt ist, das sind die Autofahrer. Immer mehr ungeübte und daher unsichere Fahrer greifen zu immer größeren, weil vermeintlich sichereren Fahrzeugen, um sich geschützt zu fühlen und doch etwas Überblick zu bekommen. Und dann gibt es noch die Zeitgenossen, die einen Parkplatz dermaßen schräg in Beschlag nehmen können, dass auch je ein Stück der Stellflächen rechts und links davon nicht mehr zu sehen ist. Trotzdem zwängt Daniel Fug seinen großen Wagen in so eine Lücke und sich selbst durch die Fahrertür. Ohne weiter darauf zu achten, macht er sich zielstrebig auf den Weg. Dabei ist sein Parkvorgang durchaus reif fürs Lehrbuch. Aber für derlei Kinkerlitzchen hat unser großer Junge jetzt wirklich keine Zeit. Was er sich vorgenommen hat, ist bei Weitem schwieriger als jeder Parkvorgang. Zum Glück kennt er das weitläufige Warenhaus noch gut, und so ist es ihm ein Leichtes, den etwas versteckten Personaleingang zu finden. Wie auch früher ist von dem Portier nichts zu sehen, also rein in den Lift und die Taste für den fünften Stock gedrückt. Während der Lift ruckelnd und schwankend anzieht, starrt Daniel Fug auf die zerkratzten Wände in mattem Stahlgrau und versucht seine Gedanken mit dem zu beschäftigen, was er vor sich hat. Wenn er zu schnell zur Sache kommt, dann wird sie ihm nicht zuhören. Wenn er zu sehr herumredet, dann wird sie ihm auch nicht zuhören, weil sie alles für erfunden halten wird.

„Ich wollte dich sehen", ist ein wirklich unpassender Anfang.

„Ich muss mit dir reden", klingt keine Spur besser.

„Mir ist was ganz Komisches passiert", wäre vielleicht nicht so schlecht, klingt aber auch nicht gut genug.

Was tat er hier eigentlich? Warum sollte ausgerechnet sie ihm helfen? Konnte sie es überhaupt? War diese Idee nicht vielleicht sogar die dümmste von allen? Aber wann immer etwas schiefgelaufen war, sie hatte eine Lösung gefunden. Wann immer er nicht mehr weitergewusst hatte, sie hatte einen Weg gefunden. Aber würde sie ihm überhaupt helfen wollen?

Die Lifttür öffnet sich scharrend, Daniel Fug sieht auf und seufzt: „Hilf mir! Ich – irgendwie stecke ich in der Scheiße."

Die schlanke Frau in dem maskulinen Hosenanzug vor dem Lift blinzelt ihn für einen Augenblick lang überrascht und sichtlich verwirrt an. Aber ihre Überraschung währt nur kurz. Erst mal schickt sie ihre verdutzte Begleiterin zurück ins Büro, dann tritt sie ohne Hast in den Lift und schließt die Tür.

„Sag mal, bist du verrückt geworden – was soll der Blödsinn?!", platzt es aus Romana Fug heraus. „Du kannst doch nicht so einfach hier auftauchen. Nicht nach all dem, was geschehen ist! Zuerst lässt du dich monatelang nicht blicken und plötzlich stehst du vor mir und bittest um Hilfe? Vor meinen Mitarbeitern! Was denkst du dir eigentlich? Was –" Sie stockt und fühlt ihren plötzlich aufgeflammten Zorn ebenso schnell verrauchen. „Was ist eigentlich los?"

Ihre Verblüffung über sein Erscheinen ist viel zu groß, um wirkliche Wut aufkommen zu lassen. Und sein Verhalten verwirrt sie zunehmend. Immerhin kennt sie ihn lange genug, um zu sehen, dass tatsächlich etwas nicht in Ordnung ist. Absolut nicht in Ordnung. Und Daniel Fug beginnt wieder zu erzählen. Überlegter diesmal, nicht mehr so wirr und sprunghaft, wie er es bei Tripp getan hat, aber es hört sich auch dadurch nicht weniger verrückt und vage an, was er da zu berichten hat. Zumal er es vorzieht, die Geschichte im Park nicht zu erwähnen.

Irgendwann währenddessen setzt sich der Lift mit ihnen in Bewegung und fährt wieder nach unten. Als die Türen sich öffnen und zwei Angestellte einsteigen wollen, packt Romana Fug ihren Exgatten am Arm und zerrt ihn hinaus in die Eingangsebene des Kaufhauses. Der unscheinbare Lift für die Angestellten liegt etwas abseits und so fällt auch niemandem auf, dass sie daneben stehen bleiben. Eine Frau, die ihren Kopf so energisch schüttelt, dass der dicke Zopf ihrer dunklen Haare peitscht.

„Also", meint sie zweifelnd, „das ist absolut verrückt, was du mir da erzählst. Das Dumme daran ist nur, dass ich dich gut genug kenne, um zu wissen, dass du zu wenig Phantasie hast, um dir so eine Geschichte auszudenken. Es ist völlig verrückt, es ist absolut unglaubwürdig, und es ist so überhaupt nicht deine Art. Aber selbst wenn ich davon ausgehe, es ist tatsächlich so, wie du erzählst – warum kommst du damit zu mir? Was soll ich tun? Was erwartest du?"

Daniel Fug zuckt mit den Schultern und muss sich eingestehen, dass er selbst keine Ahnung hat, was er von ihr erwartet. Vielmehr war es ein Reflex. Die alte Gewohnheit, einfach mit ihr zu reden, wenn er in Schwierigkeiten steckt.

„Ich dachte, du hättest eine praktische Lösung", stottert er überrascht. „Nicht so wie Claus."

„Was hat Claus gemeint?", interessiert sie sich.

„Er meinte, ich soll ihm meine Pistole zeigen und ihn auffordern zu verschwinden."

„Du hast mir versprochen, dass du sie weggibst!", faucht sie, da sie sich nur zu gut an ihren Streit deswegen erinnern kann. Damals, als sie kurz vor der Geburt ihres Kindes die Waffe bei seinen Sachen gefunden und darauf bestanden hatte, dass so etwas sich nicht im selben Haus wie ihr Kind befindet. Wie damals zuckt Daniel Fug wieder nur wortlos mit den Schultern und wie damals fühlt sie die Wut über seine Lahmarschigkeit in sich aufsteigen. Aber es ist viel Zeit seither vergangen. Und vieles hat sich geändert.

„Und du glaubst, der Vorschlag von Claus ist nicht praktisch?", findet sie mühsam wieder zurück, und Daniel Fug sieht sie einen

Moment erstaunt an. So als müsste er selbst erst darüber nachdenken. Dann schüttelt er den Kopf.

„Etwas sagt mir, dass dieser Kerl die Wahrheit über sich erzählt hat. Ich glaube nicht, dass man ihn, wer immer er auch ist, mit einer Waffe beeindrucken kann. Ich habe versucht, ihn zu verprügeln, aber da war nichts, was ich hätte greifen können. Ich habe ihn in meiner Wohnung eingeschlossen und trotzdem sitzt er im nächsten Augenblick hinter mir im fahrenden Auto."

„Andersherum", überlegte sie und presst die Lippen kurz aufeinander, „du hast keine Beweise für seine Existenz. Hat er etwas angefasst? Hat ihn jemand anders mit dir gesehen? Hat er mit sonst jemandem gesprochen?"

Stille.

„Daniel!", wird sie ungeduldig. „Ich habe dich etwas gefragt."

Er antwortet immer noch nicht. Steht da, steif, verspannt und starrt an ihr vorbei.

„DU!!"

Sie packt ihn am Arm und rüttelt ihn, er aber starrt nach wie vor gebannt über ihre Schulter.

„Da drüben", presst er endlich hervor. „Am Kosmetikpult, der Mann, der sich die Lippen schminkt."

Entschuldigung, ich wollte nur mal wissen, wie unser Autor mit pinkem Perlmuttlippenstift aussieht. Und außerdem sieht UNS sowieso keiner. Ist auch besser so, Pink steht unserem Autor nicht besonders.

„Da ist niemand an dem Pult", bestreitet Romana Fug und sieht sich suchend um. Tritt einen Schritt vor, sieht um eine Säule und folgt dann wieder Daniel Fugs Blick, der starr auf UNS geheftet ist. Schlussendlich nimmt sie ihn bei der Hand und so kommen sie auf UNS zu. Ganz nahe kommen sie an UNS heran, bleiben an dem Pult stehen und sehen sich um. Bei ihrem Anblick schießt die Verkäuferin auf sie zu, aber Romana Fug wedelt nur mit der Hand und das zierliche Ding biegt ebenso schnell wieder ab. Der

Gesichtsausdruck der Einkaufsleiterin ist tatsächlich nicht dazu angebracht, bei einer jungen Verkäuferin Widerspruch laut werden zu lassen.

„Da ist nichts und niemand!", zischt sie leise und ist ein bisschen wütend auf sich selbst, weil sie sein Spiel mitgemacht hat.

„Sie kann mich nicht se-hen", erklären WIR spöttisch über ihre Schulter. Und, als er erschrocken einen Schritt zurücksetzt: „Und sie kann mich auch nicht hören. Ganz so, wie ich gesagt habe."

Romana Fug starrt ihren geschiedenen Gatten verwundert an und bemerkt nicht, dass sie noch immer seine Hand hält. Der weicht noch einen Schritt zurück, schwankt, als hätte ihn jemand geschlagen, und stammelt: „Hörst du denn nichts? Er redet wieder mit mir!"

Für einen kurzen Augenblick ist sie überrascht, lässt automatisch noch einmal den Blick prüfend über das für sie leere Pult gleiten und entdeckt nichts als die neugierigen Blicke der Verkäuferin aus sicherer Entfernung.

„Okay, jetzt reicht's!", entscheidet sie gewohnt energisch, packt ihn fester und zerrt ihn quer durch das Gewimmel der Menschen in Richtung Ausgang. Man sieht ihr nur allzu deutlich an, dass ihre Geduld erschöpft ist. Und so bildet sich auch sehr schnell eine Gasse für die beiden groß gewachsenen Gestalten. Wirkliche Aufmerksamkeit erregen sie aber nicht. Schließlich ist Romana Fug nicht die erste Frau, die wutentbrannt eine unverständige und unwürdige, weil männliche Kreatur aus den geheiligten Hallen eines Konsumtempels entfernt. Und sie wird auch sicher nicht die letzte bleiben.

„Hallo Mark. Ich hätte nicht gedacht, dich hier zu treffen."

Ich habe den Mann nicht bemerkt. Ehrlich. Und ich will es eigentlich auch nicht. Er hat hier nichts zu suchen, das ist nicht seine Geschichte. Unbeeindruckt von meiner offensichtlichen Abneigung leistet sich der große Mann ein spärliches Grinsen in seinem gebräunten Gesicht.

„Auch wenn mancher unscheinbare Schreiberling durchaus unauffällig ist", meint er spöttisch, „so ist er doch nicht unsichtbar.
Jedenfalls nicht mit diesem Lippenstift."

Das zierliche Ding von Verkäuferin schwebt wieder heran, die
runden Augen glänzend auf den Mann vor ihrem Pult geheftet.
Das ist doch endlich mal etwas anderes als die ewig nörgelnden
und nie ganz zufriedenen Kundinnen, die scheinbar nichts lieber
tun, als den Frust über ihr eigenes Alter an einer jungen Verkäuferin auszulassen. Dieser Kunde entspricht eher dem, was
sie insgeheim gehofft hatte, in dem bekannten, noblen Kaufhaus
kennenzulernen. Groß und breitschultrig, braun gebrannt und
elegant, wenn auch unauffällig. Schwarzes dichtes Haar und Augen, ja seine Augen. Ihr wird irgendwie heiß, als er sie ansieht.
Denn er hat sie angesehen und leise den Kopf geschüttelt, sie aber
benötigt ein wenig, um zu verstehen, dass er nichts von ihr will.

„Karl Meixner, na klar", sagen WIR, während wir nach einem
Taschentuch suchen, um den Lippenstift abzubekommen. „Du
solltest wissen, dass die Menschen UNS nicht sehen können."

„Wenn ich etwas für Sie tun kann, sagen Sie es mir bitte", meint
die Verkäuferin. „Ich bin gerne für Sie da."

„Ich weiß", lässt sich Meixner vernehmen und sieht die Kleine
noch einmal an. Aber ich bin mir ziemlich sicher, er hat es zu
UNS gesagt. Sie nickt und entfernt sich wieder. Langsam, ganz
langsam. Dabei beobachtet sie ihn immer wieder verstohlen aus
den Augenwinkeln.

„Wenn du hier auftauchst, dann kann ich wohl davon ausgehen,
dass auch Pensant nicht weit entfernt ist", brummen WIR resigniert.

„Niemand kann sagen, wo Christoff sich herumtreibt. Natürlich
kann er auch hier jeden Augenblick um die Ecke kommen, aber
wer ahnt das schon? Es gibt da diesen Song, wo es heißt: ,Das Böse
ist immer und überall.'"

Er hat der Kleinen den Rücken zugewandt und sieht nun wie teil-
nahmslos in das Gewimmel um den Eingang.

„Das Böse ist immer und überall", wiederholen WIR nachdenk-
lich und kommen nicht dahinter, was er damit meint. Warum
gerade er Pensant mit dem Bösen in Verbindung bringt.
„So wie der Tod", begreifen WIR endlich. „Immer und überall."
Meixner schüttelt leicht den Kopf und berichtigt mit einem gut-
mütigen Lächeln: „Nur dort, wo es etwas für ihn zu tun gibt.
Glaube ich."
Wie beruhigend für UNS.

In der Zwischenzeit ist Romana Fug nicht untätig geblieben.
Während ich noch überlege, ob ich Ihnen nicht erklären müsste,
wer die beiden, dieser Karl Meixner oder dieser Christoff Pensant,
denn eigentlich sind. Ob das einen Sinn hier macht oder ob diese
Kerle nur auftauchen, um mich zu nerven. Ob es nicht beunruhi-
gend für meinen Autor ist, dass diese doch sehr realen Personen
sich äußerst irreal verhalten – sie klebt geradezu an ihrem Telefon
und treibt unsere Geschichte voran.
In ihrer eigenen, energischen Art hat sie eine der Taxen vor dem
Kaufhaus okkupiert, ihren Ex hineingeschoben, dem Fahrer die
Adresse genannt und ihn unmissverständlich darauf aufmerksam gemacht, dass sie keine Umwege oder Verzögerungen dulden
wird. Dann macht sie sich ans Telefonieren und spricht praktisch
unaufhörlich mit den verschiedensten Leuten. Daniel Fug lehnt
in seiner Ecke und scheint aufgehört zu haben, ein selbständig
denkendes Wesen zu sein. Es macht den Eindruck, als beobachte
er diese ganze Geschichte nun von außen und von weit her. Als
wäre er ein Zuseher, ein Komparse und ihn ginge das alles nichts
mehr an. Die Verantwortung hat er in ihre bewährten Hände
gelegt. Nun, meint er, könne ihm nichts mehr geschehen.
Lassen WIR ihn noch ein wenig in dem Glauben, dann ist der
Schock um so heilsamer. Denn im Augenblick ist die Energie, die
Romana Fug an den Tag legt, durchaus bemerkenswert. Ich bin
mir nicht sicher, woran es liegt, dass sie so energisch Himmel und
Hölle in Bewegung setzt. Ist es wirklich nur ihr Wunsch zu helfen?

Oder spielt da auch ein wenig die Wut und der Frust in ihrem Inneren mit? Sie hat sich wieder fangen lassen! Dieser riesige Kerl macht auf hilflos, und schon springt sie an. So war es immer in ihrer Beziehung und scheinbar hat und wird sich daran auch nichts ändern. Alte Gewohnheiten wird man nicht so schnell los wie einen Ehering. Nicht, dass sie über sein Vertrauen erfreut gewesen wäre. Ganz im Gegenteil. Die Zeit, wo sie ihn zurückgenommen hätte, die ist längst vorbei. Es ist auch nicht so, dass sie sich für ihn verantwortlich fühlen würde. Genau genommen gibt es eigentlich keinen Grund, warum sie all das hier tut. Also vielleicht doch ein wenig Gewohnheit. Bestimmt wäre sie noch viel wütender, wenn sie sich all dessen bewusst geworden wäre. Stattdessen presst sie ununterbrochen ihr Telefon ans Ohr. Zuerst hatte sie kurz mit einem Arzt gesprochen. Der hatte sie weiterverwiesen. Dann hatte sie lange mit einer Frau Doktor verhandelt. Und zum Schluss, kurz, energisch und gelinde gesagt unhöflich, mit einem Verwaltungsbeamten, der gemeint hatte, störrisch sein zu müssen.

Die Augen des Taxifahrers unter dessen hoher Stirn kleben praktisch am Rückspiegel, und es grenzt mehr oder weniger an ein Wunder, dass er noch keinen anderen Wagen gerammt oder einen Fußgänger ermordet hat. Solche Fahrgäste hat man aber auch nicht allzu oft. Abgesehen davon, dass die Frau schon optisch durchaus des Bemerkens wert ist, ihr Verhalten erinnert ihn lebhaft an jene Geschichten von Furien und Walküren, die er in seiner klassischen Schulausbildung zu verdauen gehabt hatte.

Jetzt hat sie Claus Tripp in der Leitung. Eigentlich wollte sie von ihm nur erzählt bekommen, was er von dieser obskuren Sache wusste. Aber stattdessen redet sie in einem fort, berichtet, was sie alles veranlasst hat, erklärt, was sie nun von ihm, Tripp, erwartet, und lässt ihn so längere Zeit nicht zu Wort kommen. Er ist aber nicht gerade einer der Geduldigsten, also schafft er es dann doch, zumindest zu sagen: „Ist ja gut, ich werde dort sein." Das aber auch nur, weil er nicht abwartet, bis sie eine Pause macht, sondern sie einfach unterbricht und danach auflegt.

Irritiert klappte sie ihr schickes Mobiltelefon zusammen und starrte nach vorne. Da ist niemand mehr, der ihr einfällt. Da ist mit einem Mal Stille in dem Wagen. Drückende, greifbare Stille. Da ist mit einem Mal Zeit. Viel Zeit. Zeit, die ein Überdenken, die ein Nachdenken ermöglicht. Und sie ist sich unsicher, ob sie das wirklich will. Obwohl sie es von ihren Mitarbeitern doch immer fordert.

Das Kaufhaus!

Sie ist dort einfach weggegangen!

Mit einer energischen Handbewegung lässt sie das glänzende Teil in ihrer Hand wieder aufklappen. Während sie spricht, biegt der Wagen von den belebten Straßen in eine zwar ebenso belebte, aber wesentlich ruhigere Auffahrt. Vorbei an ziellos wirkenden Personen in kleinen Gruppen rollt das Taxi, um endlich vor einem pompösen, gläsernen Eingang anzuhalten. Bevor der Fahrer noch etwas sagen kann, hat sie schon einen strengen Blick auf die roten Zahlen des Taxameters geworfen und den Mund zu einer spitzen Bemerkung geöffnet. Sie unterlässt dies zwar, aber sie denkt auch nicht daran, da noch Trinkgeld zu geben. Daniel Fug seinerseits rührt keinen Finger. Und auch keinen Fuß. Sie ist gezwungen, um den Wagen herumzugehen, die Tür zu öffnen und ihn auf die Beine zu ziehen. Nicht, dass er sich sträuben würde. Es scheint nur, als hätte er jeden eigenen Antrieb verloren. Also packt sie ihn wieder am Arm und marschiert mit ihm in das große Gebäude. Dort, in der weitläufigen, kühlen Halle herrscht die gespenstische Ruhe einer Kathedrale. Zwei Personen in weißen Kitteln unterhalten sich abseits und gedämpft, als fürchteten sie eine heilige Ruhe zu stören und dadurch einen grausamen Gott zu wecken. Ohne auf ein Gruppe wartender Bittsteller zu achten, steuert die Frau mit dem tapsigen Mann hinter sich zielbewusst auf das Empfangspult zu, ohne die Ähnlichkeiten mit ihrem Kaufhaus zu bemerken. Vom Tempel der ewigen Jugend und des Besitzes ist sie aufgebrochen und im Tempel des ewigen Lebens und des Körpers gelandet. Beides monströse Beulen in der Landschaft der Stadt.

Um sich greifend wie Geschwüre und beide von Scharen von Bittstellern und Menschen voller geheimer Wünsche umlagert. Beide von Göttern bewohnt, die den kleinen Menschenwesen zwar ihre Hilfe anboten – und dafür auch das entsprechende Äquivalent an Spenden erwarteten –, aber doch auch eifersüchtig darüber wachten, dass diese kleinen Menschlein nicht hinter die Kulissen ihrer Tricks sehen konnten.

Unsere gute Romana Fug macht das, was sie für vernünftig hält. Sie glaubt ihren Gatten verwirrt, beeinflusst oder besessen. Also schleift sie ihn zu einer modernen Form der Teufelsaustreibung, zu einer zeitgemäßen Schamanin – zu einer Psychoanalytikerin. Das kann ja heiter werden. Aber keine Angst, eine Schamanin der Inuit oder anderer alter Völker würde uns vielleicht auf die Schliche kommen, die modernen sind da keine Gefahr. Die sind viel zu sehr in ihre eigenen Geschichten und Probleme eingesponnen, um sich auf andere einlassen zu können.

Die junge Dame am Empfang ist bereits instruiert, und so kann unser Paar ohne allzu viele Formalitäten zu der wartenden Ärztin weitergeleitet werden. Unter den neidischen Blicken derer, die schon länger warten, werden sie zu einem Lift geschickt und zwei Stockwerke höher wiederum von einer jungen Dame im weißen Kittel in Empfang genommen. Die setzt sie in ein kaltes, abweisendes Zimmer voller unbequemer Stühle, getaucht in schreiendes Orange, und ersucht sie, sich einen Augenblick zu gedulden, die Frau Doktor werde gleich Zeit für sie haben.

Schweigend sitzen die beiden jetzt nebeneinander und harren der Dinge, die da kommen sollen. Daniel Fug überlegt sich kurz, ob es nicht angebracht wäre, ihr zu danken. Dafür, dass sie sich um alles kümmert, aber wie so oft kann er sich nicht dazu durchringen. Also sitzt er stumm da, starrt den graubraunen Boden an und bekommt allmählich das Gefühl, darin zu versinken. Die Farbe des Bodens ist ja auch wie die Struktur feinen Sandes. Grau und braun und hell glitzernd, weich und fließend. Als würde sich seine

Struktur, seine Oberfläche ständig wandeln. Als würden winzige glitzernde Punkte in Wahrheit über den Boden huschen, rollen, gleiten. Als wäre da ein hauchzarter Schleier bewegter Teilchen über dem Boden. Und der Boden darunter erscheint verlockend samtig und weich. Fließend weich wie Mehl oder Puder oder wie Wüstensand. Feiner Sand der Wüste in blendender Helligkeit. Weicher Sand der Wüste, wohlig warm und anschmiegsam und weich, umfassend, nachgiebig, aufnehmend und verlöschend – weich – versinkend …

Daniel Fug springt mit einem Ruck auf, der Sessel fällt scheppernd um und erzeugt in dem stillen Raum schrecklichen Lärm. Auch sie ist aufgefahren und starrt ihn entgeistert an. Er steht nur da, schwankt ganz leise und schüttelt verwirrt den Kopf, um ihn wieder klarzubekommen. Für einen langen, verschlingenden Augenblick hatte er doch wirklich das Gefühl gehabt, kopfüber zu kippen, in diesen grauen, glitzernden Sand einzutauchen und für immer darin zu verschwinden.

„Entschuldige", stammelt er. „Irgendwie …"

Er beendet den Satz nicht, auch weil er nicht weiß, was er sagen soll oder will. Also stellt er seinen Stuhl wieder hin und setzt sich darauf. Ohne sie anzusehen. Der Blick, mit dem sie ihn betrachtet, ist auch so schon unangenehm genug. Er will ihm nicht begegnen. Sie steht noch einen kurzen Augenblick vor ihm. Sieht hinunter und scheint zu überlegen, ob sie mit diesem Verrückten wirklich allein in einem Raum bleiben will. Aber dann setzt sie sich doch, schlägt die Beine übereinander und seufzt.

Die Stille wird aber schon im nächsten Augenblick unterbrochen, als sich eine der Türen öffnet und die Frau Doktor erscheint, um sie in Empfang zu nehmen. Frau Doktor ist nicht allzu groß gewachsen und rundlich. Ihre kurzen grauen Haare und die blitzenden Augen über der kleinen Brille verströmen Zuversicht, und die Energie, mit der sie ihre neuen Patienten begrüßt, verheißt nur Gutes. Jeder Patient kann froh sein, wenn er eine Ärztin wie sie findet, die sich nicht in sorgenvollem Selbstmitleid ergeht, sondern mitten im Leben steht und den Sinn in ihrer Arbeit noch sieht.

Vielleicht sind die alten Schamanen doch noch nicht so weit weg, wie ich dachte.

Trotz alledem steht Daniel Fug nun unter der Tür, verkrallt sich im Türstock und ist nicht zu bewegen, auch nur einen Fuß in das Behandlungszimmer zu setzen. Kann das wirklich damit zu tun haben, dass WIR auf der Ecke des Schreibtisches sitzen und ihn angrinsen?

„Kommen Sie ruhig herein, Daniel Fug", grinsen WIR gütig. „Kommen Sie und erzählen Sie der guten Frau Doktor, warum sie plötzlich so widerborstig sind."

Tatsächlich lösen sich seine verkrampften Finger von dem Holz, er tappt einige Schritte in den Raum, kommt direkt auf UNS zu und fasst nach UNS! Ganz langsam und bedächtig schiebt er seine Hand durch UNSEREN Oberkörper. Natürlich ist da nichts, was er betatschen kann mit seinen riesigen Pranken, aber obwohl WIR nur als Illusion existieren, als Spiegelung, ist es doch ein eigenartiges Gefühl, wenn jemand so langsam durch dich hindurchfasst. Nicht, dass WIR es tatsächlich fühlen könnten, es ist vielmehr die Illusion eines Gefühls. Ein kleines Unwohlsein, eine Irritation. Wie empfinden Sie das, Alex?

„Er sitzt da auf dem Tisch und hat gesagt, ich soll Ihnen sagen, dass ich seinetwegen gezögert habe, den Raum zu betreten. Ich bin einfach erschrocken, als ich ihn sah."

„Sagt er Ihnen immer, dass Sie den Menschen erklären sollen, es sei seinetwegen, wenn Sie sich eigenartig verhalten?", hakt die Ärztin nach und die beiden Frauen sehen den großen Mann erwartungsvoll an.

Also, das ist jetzt wohl doch zu einfach, liebe Frau Doktor. Das durchblickt ja sogar ein Mann, sogar Daniel Fug in seiner Verwirrung.

„Aber nein", wehrt der auch folgerichtig ab. „Ich sehe ihn ja erst seit heute Morgen. Also eigentlich seit gestern Nacht. Als ich von der Arbeit nach Hause fuhr, da stand er plötzlich neben meinem Wagen und sprach mich an. Aber so normal, dass ich mir nichts dabei gedacht habe. Ich habe mich nur gewundert, woher er meinen Namen kennt. Heute morgen war er in meiner Wohnung und hat mir erklärt, er sei dazu eingeteilt worden, mich zu beobachten, dass er nun immer um mich sein werde, und zwar solange ich lebe. Ich habe mir zuerst noch gedacht, ich klebe ihm eine und werfe ihn hinaus – da – da habe ich erst bemerkt, dass ich ihn nicht anfassen kann. Daraufhin bin ich aus der Wohnung geflüchtet, hab sie ganz sicher hinter mir versperrt, schnell runter zum Wagen, bin weggefahren, flitze durch die Stadt – und auf einmal sitzt er hinter mir und verlangt, ich solle bei einer Bäckerei anhalten, er habe noch nicht gefrühstückt!"

Die grauhaarige Frau sinkt in ihren großen Ledersthuhl und das Lächeln in ihren Augen ist gespannter Faszination gewichen.

„Und Sie haben angehalten", mutmaßt sie.

„Nun, nicht gleich", gibt er zögernd zu. „In meinem Schreck, fürchte ich, da habe ich ein paar Verkehrsregeln gebrochen. Bis er mir eine geklebt hat und mich darauf hingewiesen hat, dass ich andere Leute gefährde."

Jetzt hat Daniel Fug ihr Interesse endgültig geweckt.

„Sie sagten doch, Sie können ihn nicht anfassen."

„Ich ihn nicht, er mich schon! Das hat er mir schon in meiner Wohnung erklärt. Als ich versucht habe, ihn hinauszuwerfen. Ich bin mehr oder weniger durch ihn hindurchgestolpert, aber er hat mir einen Tritt verpasst. Und zwar einen ordentlichen!"

Unbewusst reibt er sich die Stelle, wo WIR ihn getroffen haben, wird sich dessen aber schnell bewusst und setzt sich.

Romana Fug ist bereits mit großen Augen in einen anderen Sessel gesunken und starrt ihn so ungläubig an, als würde sie diese Geschichte zum ersten Mal hören.

„Also er kann Sie anfassen, Sie ihn nicht", versucht die Frau Doktor zusammenzufassen. „Er will Sie beobachten, warnt Sie aber auch vor Gefahren. Und will das Ihr ganzes Leben lang tun. Interessant."

Finde ich auch, liebe Frau Doktor. Allerdings haben Sie etwas ein wenig missverstanden. WIR haben Daniel Fug eingebremst, weil er andere Menschen gefährdet hat. Seine eigene Sicherheit ist UNS ziemlich egal. Denn immer noch ist der eigentliche Endzweck dieser ganzen Aktion sein Tod, nicht wahr, Alex!

„Hat er außer Ihnen noch etwas angefasst?"

Ah, Frau Doktor machen auf Detektiv.
Daniel Fug kratzt sich am Kopf und überlegt. Dann meint er aufgeregt: „Er hat bei mir zuhause eine Cola getrunken! Eine von den kleinen Flaschen – die hat er angefasst."
Na toll, mein Großer. Und eine zweite Flasche und eine Rumflasche und deine Stereoanlage und deinen Computer und die Beifahrertür außen und die rechte Hintertür innen. Nicht zu vergessen die Lehnen der Ledersessel! Habe ich etwas ausgelassen, Alex? Ach Daniel, das ist doch wirklich zu einfach gestrickt! Wenngleich Ihr Hintergedanke nicht dumm ist. Wer etwas anfasst, hinterlässt Spuren. Im besten Fall verwertbare Fingerabdrücke. Und im allerbesten Fall kann man die Fingerabdrücke einer realen Person zuordnen und so einen Menschen überführen. In unserem Fall als reales Wesen, jedenfalls aber den Eindruck einer Erscheinung vernichten. Eine tolle Idee, aber leider nicht toll genug. Denn Menschen hinterlassen Fingerabdrücke, weil ihre Haut immer mit einer fettigen Schutzschicht überzogen ist, die sich auf Gegenständen ablagert. Das kommt daher, weil Menschen zuallererst Körper sind, also biologische Maschinen. WIR allerdings sind eine energetische Erscheinungsform, als solche sind WIR also alles Mögliche, nur keine biologischen Wesen. Daher schwitzen WIR nicht und daher hinterlassen WIR auch keine Spuren.

Wenn WIR mehr Zeit für dieses Spiel hätten – und einen entsprechenden Widerpart –, dann wäre es natürlich interessant gewesen, diesem eine solche Spur zu legen. Selbstverständlich bin ich auch in der Lage, Fingerabdrücke zu hinterlassen – wenn ich es will. Was für Augen hätte die Frau Doktor wohl gemacht, wenn sie die Fingerabdrücke von Donald Trump gefunden hätten? Oder von dem längst verblichenen John Paul dem Ersten? Wäre sicher witzig gewesen. Doch Verwirrung ist nicht unser Ziel.

„Keine Spuren, keine Hinweise, keine Beweise." WIR schütteln bedauernd den Kopf und Daniel Fug sinkt noch ein Stück in sich zusammen. Dann berichtet er den beiden Damen UNSERE Wortmeldung. Romana Fug schüttelt den Kopf, die Frau Doktor nickt. Sie scheint zu überlegen und endlich einen Entschluss zu fassen. „Er ist also hier mit uns. Sie können ihn sehen, Sie können ihn hören. Richtig?"
„Richtig."
„Und fühlen Sie sich von ihm bedroht? Ängstigt er Sie?"
Daniel Fug sieht sie überrascht an und überlegt einen kurzen Augenblick. Dabei mustert er UNS auf eine ganz neue Art.
„Na ja", beginnt er langsam, „das Monster aus dem Sumpf ist er nicht gerade."

Danke schön!

„Genau genommen benimmt er sich nicht anders als jeder andere Mensch auch und sieht auch nicht außergewöhnlich aus. In einer Menge würde er nie auffallen. Wenn man davon ausgeht, dass er ... dass er ... na ja, dass niemand ihn sieht und dass ich ihn nicht zu fassen bekomme."
Während Daniel Fug spricht, nickt die Frau Doktor und schreibt eifrig auf einem Blatt Papier.
„Ich habe noch ein oder zwei Termine", beginnt sie und schiebt ihm die Notiz über den Tisch. „Ich halte es für besser, Sie bleiben

noch ein wenig bei uns, bis ich Zeit habe, mich ausführlich mit Ihnen zu unterhalten. Der ganze Fall scheint mir sehr interessant, aber nicht wirklich Besorgnis erregend. Wie gesagt, ich würde empfehlen, dass Sie sich ein wenig gedulden, ein wenig ausruhen, und dann setzen wir uns in Ruhe zusammen und überlegen, was man machen kann."

Der arme Daniel Fug blickt verwirrt zwischen der Frau Doktor, dem Blatt und UNS hin und her. Man muss nicht UNSERE besonderen Fähigkeiten besitzen und auch kein Psychologe sein, um zu verstehen, dass sie ihn vor die Aufgabe gestellt hat, sich mit UNS zusammenzusetzen und UNS auszuquetschen, was WIR denn eigentlich wollen. Eine neue Form des inneren Dialogs verspricht sich die gute Frau Doktor davon. Und ich muss gestehen, in jedem normalen Fall wäre diese Vorgangsweise sehr gut gewählt. In jedem normalen Fall heißt, wenn WIR wirklich von Daniel Fugs eigenem Unterbewusstsein erschaffen worden wären. Wie das bei den meisten Erscheinungen so der Fall ist. Aber WIR sind nicht das Produkt seiner, sondern Ihrer Gedanken, Alex! Nicht vergessen, solange Sie weiterlesen, werden auch WIR weiter unserer Bestimmung nachgehen.

Inzwischen hat die Frau Doktor wieder nach der jungen Dame im weißen Kittel geschickt und, während diese Daniel Fug in Empfang nimmt, Romana Fug ein wenig zur Seite gezogen und schnell auf sie eingesprochen. Zwar runzelt die groß gewachsene Frau überrascht die Stirn, dann nickt sie aber und verabschiedet sich von der Frau Doktor.

Auf dem Gang marschiert die blasse Erscheinung in Weiß vorweg, Daniel Fug tappt hinterher, offensichtlich in tiefem Nachdenken versunken, und Romana Fug folgt ihm auf dem Fuß, als wäre sie Leibwächterin, Aufseherin oder einfach fehl am Platz. Denn genau so fühlt sie sich. Jetzt, wo sie ihn in guten Händen weiß, fällt es ihr schwer zu bleiben. Zumal ihr ja auch die nette Frau Doktor geraten hat, sie solle Daniel Fug allein lassen, damit er mit sich ins Reine kommen kann. Sie hat nichts dagegen einzuwenden. Nur, wie schafft sie es, sich zu verabschieden, ohne dass es zu dumm aussieht?

Ein mittelgroßer Kugelblitz mit schiefer Krawatte und Aktenkoffer kommt um die Ecke des Gangs geschossen und wäre beinahe in die kleine Gruppe gerannt.

„Hallo Claus", begrüßt ihn Daniel Fug ziemlich emotionslos und winkt mit der Hand, während er an der Schwester vorbei in einen spärlich eingerichteten Aufenthaltsraum tritt. Zwar stehen drei gemütliche Sessel und ein kleiner Tisch in dem Raum, aber sonst ist nichts darin, was die Aufmerksamkeit ablenken könnte. Kein Bild, keine Zeitschrift, nicht einmal ein Fenster. Claus Tripp folgt ihm sofort und ohne zu überlegen, nur Romana Fug zögert unwillig.

„Wir sollten nicht hier sein", gibt sie zu bedenken. Und erntet dafür einen unverständigen Blick von Tripp.

„Die Frau Doktor hat mir eine Aufgabe gestellt und die sollte ich wohl allein bewältigen", versucht der massige Mann zu erklären und lässt sich müde in einen der Sessel sinken. Claus Tripp setzt sich ebenfalls, verstaut den Aktenkoffer zwischen Sessel und niedrigem Tisch, um sich noch immer verständnislos am ziemlich haarlosen Kopf zu kratzen.

„Gibt's hier was zu trinken?", fragt er unbedarft und erntet dafür ein tadelndes und zweistimmiges: „Claus!" Also zuckt er nur mit den Schultern und gleitet tiefer in die Polster. Romana Fug wartet indes unschlüssig unter der offenen Tür. Keiner der drei Menschen weiß so recht, was er jetzt anfangen soll.

„Also, was ist jetzt?", will Claus Tripp endlich wissen. „Ich soll unbedingt und sofort hier antanzen und jetzt sitzen wir herum um …"

Sein Mobiltelefon macht sich aufdringlich bemerkbar und er unterbricht sich sofort, um das Gespräch entgegenzunehmen. Während er sich mit dem kleinen Gerät am Ohr in technischen Details ergeht, sehen sich die ehemaligen Ehegatten Fug einen kurzen Augenblick stumm an, dann zuckt er mit den Schultern. Claus

Tripp ist inzwischen aufgesprungen und wandert erregt durch das Zimmer, während er mit seiner freien Hand heftig wedelnd seine Sätze am Telefon unterstreicht.

„Nimm ihn mit", bittet Daniel Fug die Frau unter der Tür.

Sie nickt, überlegt einen Moment, ob sie nicht vielleicht doch noch etwas sagen soll, dann packt sie den aufgeregten Tripp am Ärmel und zieht ihn aus dem Zimmer.

Daniel Fug sieht zu, wie sich die Tür hinter den beiden schließt, und atmet tief durch. Dann blickt er sich in dem Zimmer um. Fasst nach der Brusttasche seines Hemdes und fühlt den zusammengefalteten Zettel der Frau Doktor. Noch einmal sieht er suchend in das leere Zimmer und runzelt die Stirn.

„Und jetzt?", fragt er laut in die Stille und wartet.

Hm.

Einen Augenblick Geduld bitte …

So.

„Eigentlich hätte ich gute Lust gehabt, der lieben Frau Doktor ein wenig in die Suppe zu spucken."

Obwohl er es ja erwartet hat, zuckt Daniel Fug zusammen, als er UNSERE Stimme hört. Natürlich stehen WIR hinter ihm, wie sollte es auch anders sein? Wenn WIR schlagartig vor ihm auftauchen, bekommt er womöglich einen Herzinfarkt. Zwar wäre so ein Herzinfarkt im Grund hilfreich und zielführend, aber auch unfair Ihnen gegenüber. Und langsam vor ihm zu erscheinen, vielleicht mit dem fernsehtauglichen Effekt des Beamens wie bei Star Trek, das könnte er falsch auffassen. So marschieren WIR an ihm vorbei auf den freistehenden Polstersessel zu und lassen uns hineinfallen. Und nachdem Daniel Fug immer noch keinen Ton herausbringt, fügen WIR hinzu: „Die liebe Frau Doktor hat nämlich nicht bedacht, dass ich möglicherweise einen Ortswechsel nicht mitmache. In ihrem Büro war ich da, das heißt aber nicht unbedingt, dass ich mit Ihnen auch hier herüberwechsle, Daniel Fug. Für einen kurzen Augenblick war ich tatsächlich versucht, mir den Spaß zu machen und Sie für dieses Mal zappeln zu lassen."

„Na toll", murmelt Daniel Fug ziemlich verwirrt, fasst dann aber an die Brusttasche, fühlt den Zettel und erinnert sich. „Aber wenn Sie schon da sind, dann kann ich Sie ja was fragen."

„Aber natürlich. Dazu sind wir hier."

Kurz angebunden kann ich auch sein.

„Wieso, äh – ja", stottert Daniel Fug, jetzt gar nicht mehr so sicher, „warum das Ganze hier eigentlich?"

WIR grinsen und missverstehen die Frage genüsslich.

„Warum wir hier sitzen? Weil die liebe Frau Doktor eine durchaus kluge Frau Doktor ist. Personen, die Stimmen hören oder Erscheinungen sehen, tun dies nach der klassischen Psychologie deswegen, weil ein Teil ihrer Persönlichkeit, zumeist das Unterbewusstsein, mit dem, was das Bewusstsein tut, nicht einverstanden ist."

Holla! Kommt Ihnen das bekannt vor, Alex?

„Also wehrt sich das Unterbewusstsein, oder dessen moralische Instanz, so sehr gegen das Bewusstsein, dass es dem Bewusstsein als eigenständige, fremde Person erscheint. Als Schatten, als Gespenst, als Stimme aus dem Dornbusch, als Grollen in der Höhle – die Literatur und die Mythen sind voll davon. Um das zu begrenzen, wenn es überhandnimmt, gibt es einen ganz einfachen Trick, mit dem das Unterbewusstsein gezwungen werden kann, sozusagen Farbe zu bekennen. Was steht als Nächstes auf dem Zettel? Ich nehme an, die liebe Frau Doktor hat es sogar unterstrichen."

Automatisch greift Daniel Fug nach der Tasche und zieht das Stück Papier hervor.

„Sein Name!" liest er vor und WIR lachen befriedigt auf.

„Wenn Sie in einem alten Schloss einem Gespenst begegnen, das Sie furchtbar erschreckt, fragen Sie es nach seinem Namen. Mystische Wesen und Wesen aus dem Unterbewusstsein des Betrachters sind sozusagen verpflichtet, Ihnen ihren Namen zu nennen. Das hat auch was mit Selbstwert zu tun, ist jedoch ein wenig komplizierter. Aber! Wenn Sie den Namen eines solchen Wesens kennen, dann haben Sie Macht über dieses Wesen. Fragen Sie mich jetzt nicht, warum das so ist, das würde zu weit führen – denken Sie einfach an die Geschichte vom Rumpelstilzchen."

Irgendwann klappt Daniel Fug den Mund wieder zu und blinzelt erwartungsvoll und nervös.

„Und?", fragt er nach einer Weile, WIR sehen ihn aber nur verständnislos an.

„Und wie ist jetzt Ihr Name?", verdeutlicht er etwas ungehalten, erntet dafür aber nur UNSER breitestes Stan-Laurel-Grinsen.

„Sag ich nicht!" WIR grinsen noch breiter und sehen zu, wie seine Kinnlade vor Erstaunen wieder nach unten fällt. Also weg mit dem Grinsen, genug herumgespielt.

„Ich habe Ihnen doch erklärt: mystische Wesen und Wesen aus Ihrem eigenen Unterbewusstsein", wiederholen WIR geduldig.

„Noch mal – mystisches Wesen bin ich ganz sicher nicht. Und" – und hier irrt nämlich die liebe Frau Doktor – „ich entstamme auch nicht Ihrem angeknacksten Unterbewusstsein. Aus diesem Grund komme ich bei der Frage nach meinem Namen nicht in Verlegenheit, weil ich nämlich ganz einfach nicht gewillt bin, ihn Ihnen zu sagen. Ich könnte Ihnen natürlich einen nennen. Meinen richtigen, oder einen erfinden. Aber das hätte weder für Sie noch für mich die geringste Bedeutung. Im besten Fall kann ich Ihnen sagen: Ich bin der, der ich bin."

„Aber WAS sind Sie?!"

„Das habe ich Ihnen doch schon in Ihrer Wohnung zu erklären versucht! Ich bin ein Beobachter. Es gibt da eine Person, die sehr interessiert am Leben und Treiben der Menschen ist. Diese Person hat mich erschaffen und mit diversen Fähigkeiten ausgestattet. Meine einzige Aufgabe ist es, ständig um Sie zu sein und jeden Ihrer Schritte, jeden Ihrer Atemzüge zu beobachten. Das ist grundsätzlich nicht neu – Big Brother is watching you. Allerdings bin ich in der Lage, ein wenig weiter zu gehen. Wenn es nämlich zu langweilig wird, dann kann ich auch entscheiden, in Ihr Leben einzugreifen. Wobei es in meiner Natur liegt, Ihnen eher einen Knüppel zwischen die Beine zu werfen, als Ihnen aus einem Schlamassel zu helfen. Sehen Sie sich als Held in einem Roman und ich sorge dafür, dass den Lesern nicht langweilig wird."

Jetzt habe ich offensichtlich sein Interesse geweckt.

„Das heißt", konzentriert er sich, „Sie haben keinen Namen, weil Sie nur ein interaktives System zur Beobachtung sind, aber keine eigenständige Person. Obwohl Sie in gewissem Rahmen frei entscheiden können."

Zufriedenes Nicken von UNS.

„Wenn Sie über Ihr eigenes Entscheidungssystem verfügen", fährt er fort, sichtlich bemüht, den logischen Faden nicht zu verlieren, „nehme ich mal an, dass Sie nicht permanent gelenkt werden, also zumindest teilautonom sind. Wie übermitteln Sie Daten? Wie wissen Sie, dass Ihr Auftraggeber das überhaupt will? Wie nehmen Sie Kontakt mit IHM auf? Haben Sie seinen Namen?"

Kluges Kerlchen, muss man schon sagen. Er hat schneller begriffen, als ich es vermutet hatte. Aber er ist immer noch viel zu sehr in seiner Welt der Dinge verhaftet. Bevor WIR jedoch allzu weit ins Technische abschweifen, und da vielleicht sogar sein Interesse wecken, müssen WIR ihn mal wieder etwas einbremsen.

„Ich existiere!", behaupten WIR selbstsicher und Daniel Fug runzelt die Stirn. „Solange Interesse am Fortgang dieser Geschichte hier besteht, so lange existiere ich. Über die Person, die das Ganze in Gang gebracht hat und unsere Begegnung am Leben erhält, weil sie mich am Leben erhält, kann ich Ihnen leider nicht viel sagen, Daniel Fug. Zwar sieht und hört diese Person alles, was ich sehe und höre. Inklusive meiner Gedanken. Aber der Rapport von ihr zu mir ist äußerst gering. Aus diesem Grund bin ich mit mir übereingekommen, diese Person Alex zu nennen, ich bezweifle aber, dass das tatsächlich ihr Name ist. Die Wahrscheinlichkeit ist verschwindend gering."

Daniel Fug reibt sich die Augen und muss das alles erst mal verdauen. Verständlich. Wenn die Krone der Schöpfung dahinterkommt, dass sie nicht mehr ist als eine kleine Maus im Labor, dann gibt das erst mal einen ordentlichen Knacks im Selbstbewusstsein. Wie würden die Menschen wohl reagieren, wenn sie verstünden, dass sie nicht mal wert sind, in ein Labor gesetzt zu werden?

„Bitte!"
Daniel Fugs Stimme ist leise, aber durchaus eindringlich.
„Wirklich, ich bitte Sie – wer immer Sie sind, was immer Sie sind, warum immer Sie das hier auch tun – hören Sie auf damit! Lassen Sie mich allein. Lassen Sie mich! Ich kann so nicht leben!"
Sieht aus, als wäre er ziemlich verzweifelt. Ist ja auch kein Wunder. Vielleicht sollten Sie sich doch überlegen, ob es nicht allmählich besser wäre, mich zuzuklappen. Sie hören auf zu lesen, ich verschwinde, und Daniel Fug kann sein kleines verworrenes Leben fortsetzen wie bisher.
„Alex", bettelt er noch einmal, „ich weiß nicht, was ich tun soll, damit Sie mich erlösen. Ich weiß nicht, warum Sie das tun. Was ich Ihnen anbieten kann. Lassen Sie mich wissen, was Sie von mir erwarten, was ich tun soll. Ich werde immer alles tun, was Sie von mir verlangen, Alex, ich verspreche es, aber bitte, bitte, bitte, erlösen Sie mich von dem da!"
Ist eigentlich nicht nett, wie er von UNS spricht, aber ich kann ihn verstehen. Er ist ziemlich am Ende. Es würde Ihnen auch nicht gefallen, wenn da ständig einer wäre, der Ihnen über die Schulter schaut. Videokameras und GPS-Tracking kann man ignorieren, aber eine andere Person? Ich meine, ziemlich durcheinandergewirbelt haben WIR sein Leben auch jetzt schon. Sind Sie wirklich nicht der Meinung, dass es allmählich reicht? Übrigens kommt Claus Tripp im fahrenden Taxi in diesem Augenblick dahinter, wo er seine Aktentasche gelassen hat.

Sie lesen weiter?

Gut. Aber kommen Sie mir später nicht mit der Ausrede, Sie hätten nicht gewusst, auf was das letztendlich hinausläuft! Sie wissen genau, warum WIR hier sind. Was passiert, wenn Sie weiterlesen! Nur, damit es später keine Missverständnisse gibt. Es ist und bleibt Ihre Entscheidung, wie es mit Daniel Fug weitergeht.

Nun?

„Da ist keine Aussicht auf ein Ende", murmelt er nach dieser langen Pause leise vor sich hin. WIR sind immer noch da, sitzen ihm achselzuckend gegenüber, und es hat tatsächlich den Anschein, als würde sich niemals mehr etwas daran ändern. Aber da war es ja auch schon, mein Stichwort.
„Nicht ganz", werfen WIR ihm hin und haben sofort wieder seine volle Aufmerksamkeit.
„Alles hat ein Ende. Auch diese vollkommene Kontrolle über Ihr Leben. Es ist ein weitverbreiteter Irrglaube unter euch Menschen, dass es irgendetwas unveränderlich Konstantes gäbe."
„Ach ja", brummt er und sinkt wieder in sich zusammen. „Bis dass der Tod euch scheidet."
„Eine etwas unpassende Bezeichnung für unsere Beziehung", kontern WIR indigniert. Auch ich habe meinen Stolz. Und mit dem da möchte ich wirklich nicht verheiratet sein. „Wenngleich sie inhaltlich korrekt ist. Solange wir beide existieren, wird auch dieser Zustand weiterbestehen."
Ah, ich sehe es an deinen Augen. Das war er jetzt, der zündende Funke. Der Strohhalm, an den du dich klammerst, Daniel Fug. Ja, klammer dich nur fest, schnell genug wirst du damit untergehen.
„Sieht aus, als hätte Ihr Freund seine Tasche vergessen", werfen WIR scheinbar zusammenhanglos ein, und dem armen Daniel Fug fällt es nicht einmal auf. Dazu ist die Idee zu gut, der Stroh-

halm zu groß. Wie hypnotisiert wechselt er den Sessel und fasst nach unten, bis seine Finger das kühle Leder der Aktentasche fühlen. Doch dann zögert er.

„Fassen Sie die Tasche ruhig an, machen Sie sie auf und holen Sie die Waffe heraus."

Gehorsam wie ein kleines Kind folgt er jeder UNSERER Anweisungen. Nur sein Blick ist starr auf einen Punkt vor seinen Schuhspitzen gerichtet. Festgeklebt in dem wirren Taumel der Gefühle, der Ideen, der Absichten und Widersprüche.

Er fasst wirklich in die Tasche, seine Hand kommt langsam wieder hervor – aber sie ist leer.

„Sie können die Waffe ruhig in die Hand nehmen. Sie können auch eine Kugel auf mich abfeuern, Daniel Fug."

Er fährt hoch und stiert UNS blöde an. Und er ist ehrlich überrascht. So klar hatte er selbst den Gedanken noch gar nicht gefasst. Wieder taucht seine Hand in die Tasche und diesmal fasst sie zu.

„Sie können auch das ganze Magazin auf mich abfeuern. Oder zehn Magazine, wenn es Ihnen Spaß macht, Daniel Fug."

Sein Blick ist immer noch starr auf UNS gerichtet, und so sieht er, dass WIR leicht den Kopf schütteln.

„Eine Kugel oder hundert, es hätte keine Wirkung", krächzt er mit trockenem Mund. WIR sehen ihn einen ganzen Augenblick lang mitleidig an und meinen dann: „Nicht, wenn Sie auf mich schießen."

Langsam versteht er. Kluges Kerlchen. Eigentlich schade um ihn. Wollen Sie es sich nicht doch noch einmal überlegen, Alex? Einfach zuklappen. Weglegen.

„Es hätte keine Auswirkung", stammelt er vor sich hin, „wenn ich versuche Sie zu töten. Aber einer von uns beiden muss sterben, damit das hier ein Ende hat."

„Ein Ende ohne Schrecken oder ein Schrecken ohne Ende", nicken WIR. „Die Entscheidung liegt allein bei Ihnen, Daniel Fug."

Also, genau genommen liegt die Entscheidung bei Ihnen, Alex. Ich bin nur ein Buch, mir macht es nichts aus.

Zweimal muss er versuchen, den Schlitten zurückzuziehen, um die Waffe zu laden, so zittern seine Finger. Irgendwie schafft er es auch, den Sicherungsbügel umzulegen. Aber mit jedem Atemzug scheint die matt glänzende Waffe schwerer in seinen Händen zu lasten. Kaum kann er sie halten. Und dreht sie doch unentschlossen in der Hand.

ICH glaube, es reicht jetzt, Alex!

„Sie können den Lauf gerade nach oben richten und ihn sich nah am Hals zwischen die Knochen der Kinnlade drücken. Das ist ziemlich effektiv."
Sonst käme er noch auf die Idee, sich seitlich in den Kopf zu schießen, wie man das in Hollywood so gerne macht. Und würde womöglich überleben.
Folgsam tut er auch alles, was WIR ihm sagen. Aber die letzte Entscheidung muss er selbst treffen. Dazu dürfen WIR ihn noch nicht mal auffordern.

Also, Alex …

Tief atmet er ein und atmet aus. Und er sieht aus, als würde er gleich kotzen.

ALEX!

Noch einmal atmet er tief ein. Und schließt die Augen.

ALEX!!

Der Knall ist erschreckend laut und die Schweinerei grenzenlos.
Überall kleben Blut, Knochensplitter, Gehirn und Fleischfetzen.
Sieht nicht schön aus.
Wirklich.

Gratuliere, Alex, gute Arbeit.
Damit wäre UNSER Job dann erledigt.

Teil 2 – Der indirekte Mord

„Du sollst nicht töten."
So steht es in praktisch jeder Heiligen Schrift der Menschen. Egal ob nun Judentum, Christentum, Islam oder diverse Sekten dieser Glaubensrichtungen. Ob im Hindu-, Tao- und Shintoismus, oder was auch immer man zitieren will. Doch diese Regel gilt zumeist nur für die eigenen Gläubigen. Also, für die Gläubigen untereinander, innerhalb einer Glaubensrichtung. Was heißt, dass sie sich gegenseitig, sozusagen interreligiös, durchaus töten dürfen. Und für den Großen Boss, wie immer man ihn gerade auch nennt, gelten seine Regeln ja offensichtlich sowieso nicht.

Wenn diese Regel also nur aus Ausnahmen besteht, ist das hier dann ein Freibrief?
Vielleicht ja.
Wer immer darüber schockiert ist, dass er soeben einen Menschen getötet hat, oder darüber, dass Menschen überhaupt von ihresgleichen getötet werden, der sollte sich über zwei Dinge im Klaren sein. Oder es schleunigst werden:

Jeder Mensch ist sterblich – der Tod ist ihm gewiss und es ist immer zu früh. Einerseits.

Andererseits mag sich sicherlich manches in der Geschichte anders entwickeln, wenn eine Person früher oder später stirbt, aber der Menschheit an sich, und dem Leben im Besonderen, gilt das Einzelwesen nicht viel.
So erkannte schon Jean Paul Sartre: „Die Menschheit ist immer vollständig. Sie wartet auf keinen, sie vermisst keinen."

Und töten Sie nicht schließlich täglich? Für jeden Bissen, den Sie zu sich nehmen, musste ein Lebewesen sterben. Und sei es nur eine Getreideähre. Mit jedem Atemzug vernichten Sie eine

Legion von Einzellern, mit jedem Schritt eine Myriade von Mikroorganismen. Mit jedem Start Ihres Wagens, mit jedem Klick Ihrer Heizung, mit jedem Schwung auf einer Schipiste, mit jedem Aufruf zu Boarding werden Sie mitschuldig an Tod und Elend der Opfer von Naturkatastrophen. Der Tod begleitet das Leben in jeder tickenden Sekunde. Denn Tod und Leben sind untrennbar.

Wenn das hier ein Freibrief für Ihren Mord sein soll, dann können Sie hoffen. Und Sie werden trotzdem enttäuscht sein.
Denn wer bin ich denn schon, Ihnen einen Freibrief zu erteilen, wo Sie doch getötet haben?
Aber keine Angst. Kein Staatsanwalt kann Sie anklagen, kein Richter kann Sie verurteilen. Allein aus der Tatsache, dass Sie mich besitzen, kann noch niemand ableiten, dass gerade Sie dieses Buch zu Ende gelesen haben. Vielleicht sind ja gerade Sie so vernünftig gewesen, es zuzuklappen, bevor etwas geschehen ist, was weder Sie noch ich wiedergutmachen können.
Lassen Sie sich auch nicht davon täuschen, weil das Buch beim zweiten und dritten Mal wieder ganz genau so anfängt wie beim ersten Mal. Und genau so endet – es gibt Millionen von Daniel Fugs auf dieser Welt …
Und kommen Sie mir nicht mit Ihrer Schulweisheit und den Bruchstücken des Wissens, welche die Menschheit mühsam von der Oberfläche der Wahrheit abkratzt!
Was Sie getan haben, Alex, dass haben Sie getan. Und Sie taten es in vollem Bewusstsein der Konsequenzen.
Daran führt kein Weg vorbei.
Und doch ist niemand in der Lage und befähigt, das begangene Verbrechen zu erkennen, aufzudecken, zu richten.
Oder zu sühnen.
Niemand hat dazu die Autorität.

Na ja, vielleicht eine Person.
Sie selbst.